MANON

La malédiction de Margot

Éditions Bénévent

Éditions Bénévent, 2013

Envois de manuscrits :
Éditions Bénévent – B.P. 4049 – 06301 Nice Cedex 4

LA MALÉDICTION DE MARGOT

Nous nous posons tous la question de savoir si notre destin est déjà écrit à notre naissance, ou si nous avons le libre arbitre sur notre vie.

Est-ce que vraiment notre destin peut être changé par une phrase, une situation ?

Ou justement cette phrase, cette situation, étaient prévues pour que l'on vive la vie que nous devrions avoir ?

Un être humain peut-il réellement envoyer un mauvais sort à une personne ?

Ou les événements sont-ils dus à la fatalité ?

Tant de questions qui trottent dans nos têtes.

Ce livre ne vous donnera peut-être pas les réponses que vous attendez, mais vous pourrez vous faire votre propre opinion, sur les gens, les événements, la vie et l'histoire vraie de cette femme que je vous raconte dans ce livre.

Cette femme était ma grand-mère, et je m'interroge toujours à ce jour, sur ce qu'aurait pu être sa vie et la nôtre, enfants et petits-enfants si tout avait était autrement.

Bonne lecture à vous
Manon

CHAPITRE 1
LA PROMESSE

Margot marchait d'un pas léger dans la grande avenue qui menait au logis, près du bord de mer dans les quartiers Nord de Marseille.

Elle avançait aux côtés de sa mère, en silence, car sa mère n'aurait pas supporté de bavardages en plein milieu de la rue. « Une jeune fille de bonne famille doit bien se tenir en toute circonstance », c'était sa devise.

Quant à Margot, elle avait l'esprit ailleurs, elle songeait en cette belle journée d'automne 1927, à ce jeune homme croisé plusieurs fois dans la rue, et qui la regardait en souriant.

Et chaque fois qu'elle croisait son regard, elle ne savait pas pourquoi elle rougissait comme une sotte.

Soudain, au tournant de sa rue, elle le vit, il était appuyé contre un muret, son béret à la main. Il fit un pas dans sa direction mais s'arrêta, ayant remarqué que la jeune fille était accompagnée de sa mère.

Celle-ci l'ayant aussi aperçu, tira par le bras sa fille, pour s'éloigner sur l'autre trottoir en lui disant : « Ne regarde surtout pas ce va-nu-pieds, et ne lui adresse pas la parole. On ne sait jamais ce qui peut arriver avec ce genre de voyou. Tu as compris ? »

« Oui mère », répondit Margot.

Mais elle avait revu ses yeux et avait également perçu son geste de fierté, lorsqu'il avait entendu les paroles de sa mère.

Elle ne trouvait pas qu'il ressemblait à un voyou, il était beau et bien mis de sa personne. Il ne semblait pas très argenté, mais était-ce vraiment important. Elle se demanda alors pourquoi elle ressentait cette drôle d'impression lorsqu'elle le voyait.

Elle avait pourtant été en contact avec des hommes et des jeunes hommes, lorsqu'elle était au conservatoire et lors de manifestations en public dans des salles où elle chantait.

Jamais elle n'avait ressenti cela avant. Elles arrivèrent devant la maison, une belle demeure bourgeoise, avec un jardin arboré et une belle pelouse. La maison se composait d'un rez-de-chaussée, comprenant une cuisine, un salon avec le piano de Margot, une salle à manger, et le bureau de son père. Le premier étage contenait la chambre de ses parents, la sienne et une pour les amis, ainsi qu'un cabinet de toilette.

Une fois entrées, sa mère lui suggéra d'aller se reposer dans sa chambre jusqu'au dîner.

Margot s'assit sur son lit et regarda son reflet dans le miroir de son armoire à glace. Elle se demanda si elle était jolie avec ses yeux marrons et ses cheveux châtains clairs, ses cousines lui affirmaient souvent que son teint avait beaucoup de fraîcheur, et la taquinaient quelquefois à ce sujet. L'ovale du visage était parfait, les lèvres fines mais pas trop, elle n'était pas très grande et fine avec des épaules un peu carrées qui lui donnaient une allure sportive.

Ses cousines la trouvaient assez jolie. D'ailleurs, c'étaient elles qui l'avaient surnommée Margot car son vrai prénom était Thérèse. Et oui, Thérèse Marguerite Vincenti. Et le plus curieux demeurait le fait que son nom d'artiste était Maguy Stella. Maguy se rapprochant de Marguerite et Stella (mot italien voulant dire étoile), la destinant peut-être à un grand avenir de cantatrice.

Car Margot était chanteuse, elle était sortie première en chant et piano au conservatoire de Marseille.

Elle était soprano avec un timbre montant très haut dans les aigus. Ce fut ainsi qu'un grand ténor italien l'ayant entendue chanter, avait formulé le souhait de lui être présenté et de pouvoir chanter avec elle lors de sa prochaine tournée sur Menton et Nice l'été suivant.

Mais cela faisait un peu peur à Margot, car elle était une vraie jeune fille ignorante de la vie, elle s'en rendait compte quelquefois, surtout lorsqu'il y avait un goûter à la maison. Les adultes avaient des conversations entre eux qui les amusaient bien apparemment et quand elle s'approchait, ils se taisaient en disant : « Attention, il y a du linge blanc ».

Le linge blanc, c'était elle. Margot l'avait bien compris.

Margot s'agenouilla devant le crucifix et pria, demandant à Dieu de l'aider à voir clair en elle.

Quelle était cette émotion qui l'étreignait lorsqu'elle rencontrait ce jeune homme ? Pourquoi sa mère avait-elle été si dure envers lui ?

Margot avait toujours connu sa mère comme une femme forte, régentant tout dans la maison, une femme menant de main de maître ses affaires – car elle était usurière –, ainsi que les affaires de sa fille. Le père de Margot, lui, était fonctionnaire et complètement sous la domination de sa femme, tant et si bien qu'il s'était réfugié dans l'alcool pour échapper à sa tyrannie.

Margot devait reconnaître qu'elle n'avait manqué de rien. Madame Vincenti lui avait payé les meilleurs professeurs, les plus belles toilettes et maintenant, elle était fière du résultat car sa fille était promise à un bel avenir. Mais jamais de geste tendre envers son enfant : elle n'avait jamais essayé de comprendre sa fille, et ce qu'elle ne savait pas, c'est que Margot avait soif d'amour et de tendresse.

Que lui réservait l'avenir ? Margot se le demandait, question angoissante pour cette jeune fille.

Elle termina alors sa prière et se leva pour rejoindre ses parents.

Quelques jours plus tard, alors que sa mère était occupée à discuter, tel un impresario, un contrat pour sa fille, Margot partit vers le quartier de la Calade, chargée par sa mère de porter deux robes à retoucher chez une jeune couturière, pas très loin d'une propriété familiale que sa mère louait à d'honnêtes gens.

Cette jeune couturière, qui s'appelait Denise, était très gentille et discutait quelquefois avec Margot. Elle vivait dans un petit appartement avec sa maman et sa sœur Georgette, et la maman de Denise était une femme qui travaillait courageusement pour élever ses deux filles, car elle était veuve de la guerre de 14.

Et lorsque Margot les voyait ensemble, elle était émue de l'amour qui les unissait.

Ce jour-là, Denise reçut Margot avec un grand sourire et ses grands yeux bleus pleins de malice, et lui demanda tout de suite :

— Ha ! Mademoiselle Maguy, je suis heureuse de vous voir, allez-vous chanter dimanche au bal à la salle Sainte-Cécile ?

— Mais oui mademoiselle Denise, j'y serai.

— Allez-vous danser ? Moi je vais danser avec un charmant jeune homme qui s'appelle Lucien.

— Vraiment, votre mère le permet ?

— Oui elle le connaît bien, ce garçon est travailleur et honnête, très connu du quartier. Il est ferronnier.

— Très bien ! Quant à moi, peut-être, bien que je n'aie pour habitude de m'attarder après la représentation, ni de danser.

— J'en serais heureuse pour vous si je vous voyais danser, il n'y a pas que le travail dans la vie vous savez !

— Vous avez raison, bon je me sauve et vous laisse ces robes, merci à bientôt.

— À dimanche mademoiselle.

Margot partit en repensant à cette étonnante conversation et sourit intérieurement à l'enthousiasme de Denise. Brusquement, alors qu'elle était dans ses pensées, elle se retrouva face à face avec le jeune homme de l'autre jour.

Il la salua et s'approcha d'elle pour lui parler :

— Mademoiselle, puis-je me permettre de me présenter à vous.

— Monsieur ! Je ne vous connais pas.

— Nous habitons la même rue et entre voisins quoi de plus naturel ! Juste quelques mots s'il vous plaît.

— Soit ! Je vous écoute.

— Je me nomme Félix Gigoletti, je suis pêcheur et je vous vois souvent passer dans la rue, je vous ai également entendue chanter, je me demandais si vous seriez à la salle Sainte-Cécile dimanche.

— En effet monsieur, je chanterai ce jour-là.

— Ce sera bien sûr un grand plaisir de vous entendre mademoiselle, mais ce que j'espère par-dessus tout, c'est pouvoir vous inviter à faire une danse avec moi. Y consentez-vous mademoiselle ?

— Je ne sais pas, je n'ai pas pour habitude de danser avec un inconnu monsieur.

— Croyez mademoiselle à mon plus profond respect envers vous !

— J'y réfléchirai, je ne promets rien.

— Essayez d'y penser je vous en prie. Bon, je ne vous retiens pas plus longtemps mademoiselle, mes respects, bonne journée mademoiselle.

— Au revoir monsieur !

Elle reprit son chemin, la tête haute, l'allure assurée, mais dans son cœur, quel tumulte ! Elle ne savait plus quoi penser la petite Margot.

Son cœur battait très fort, elle se dirigea d'instinct vers l'église, il fallait qu'elle s'apaise.

Il faut dire que Margot venait d'une famille bourgeoise italienne dans laquelle la religion était très ancrée.

Pendant ce temps, Félix, lui, se dirigea vers le bar de l'Estaque, en pensant que ce ne serait pas très difficile de la prendre dans ses filets. Il fallait qu'il se fasse aimer de cette jeune fille : sa famille avait des biens. Le seul obstacle était la mère, mais une fois qu'il aura bien embobiné la jeune fille, la voie serait ouverte à ses projets.

Il voulait la belle vie, il en avait marre des petits boulots, et ne voulait pas fréquenter les voyous du milieu marseillais. Il avait vu un de ses amis se faire tuer en pleine rue par la police. Lui, Félix, ne finirait pas comme ça, il était plus intelligent, plus rusé.

Félix était patient, il attendrait son heure.

Il entra dans le bar boire un verre et retrouva quelques copains, mais ne dit rien de ce qu'il manigançait. Il savait se taire quand il s'agissait de ses affaires.

À ce moment-là, Margot entra dans l'église et, voyant son vieux curé sortir de la sacristie, elle se dirigea directement vers lui.

— Bonjour mon père ! Puis-je vous parler ?

— Bonjour mon enfant. Mais bien sûr, entrez, allons nous installer dans cette salle.

Le vieux curé s'assit en face d'elle et la regarda. Il était toujours content de voir cette jeune fille : elle avait un regard pur et si plein de lumière, mais aujourd'hui, il la sentait troublée.

— Je vous écoute mon enfant, de quoi s'agit-il ?

— Mon père, je ne le sais pas moi-même : un jeune homme m'a abordée dans la rue et j'en suis toute retournée !

— Aurait-il été grossier, vous a-t-il blessée ? demanda le vieux curé tout inquiet.

— Non rien de cela, mon Père. Il a été bien élevé, il s'est présenté et m'a demandé s'il pouvait m'inviter à danser dimanche au bal où je dois chanter.

— Mon enfant, vous m'avez effrayé. Ainsi il ne s'agit que d'une invitation ?

— Excusez-moi mon père mais je ne comprends pas pourquoi j'en suis si émue.

— Voyons, ma fille, de par votre métier ce n'est pas la première fois que l'on vous invite.

— Non, j'ai déjà dansé avec des jeunes hommes ou mes professeurs, mais ce jeune homme m'intimide, je ne sais pas l'expliquer.

— Ma fille je ne vois là rien de bien méchant. Bien sûr, si ce jeune homme désirait vous revoir ; vous devriez prendre des renseignements sur lui, mais pour l'instant il n'y a pas matière à vous inquiéter.

— Vous avez raison je suis une sotte. En plus, je vous fatigue avec mes bêtises au lieu de prendre des nouvelles de votre santé. Vous avez l'air fatigué mon père.

— C'est l'âge mon enfant. Vous n'êtes pas sotte, juste ignorante de la vie, et vous avez une âme pure mais il faut vous aguerrir mon enfant car la vie est pleine de pièges. Dieu nous commande de les affronter et d'y faire face, mais vous avez bien fait de suivre votre instinct qui vous a dicté de venir dans la maison du Seigneur.

— Je vous remercie mon père de m'avoir écoutée. Je vais faire une prière maintenant et ensuite je rentrerai chez moi.

— Allez mon enfant, priez et confiez-vous à notre Seigneur, il est toujours là pour nous.

Le dimanche arriva et Margot se prépara pour aller chanter. Elle partira seule avec son père, était-ce un coup du sort, son destin était-il en marche ? Quoi qu'il en soit, sa mère avait eu une crise de foie dans la nuit et ne pouvait pas l'accompagner. Avant de partir, elle accabla son mari de recommandations.

Enfin, les voilà partis pour la salle en voiture. Lorsqu'ils arrivèrent – alors que Margot se dirigeait vers les loges attribuées aux artistes –, son père, après avoir mis un baiser sur le front de Margot, alla s'installer sur une table près de la scène.

Il était très fier, lui aussi, de sa fille.

Plusieurs artistes se produisirent sur scène. Vint alors le tour de Margot de chanter, le maître de cérémonie la présenta ainsi.

— Mesdames, mesdemoiselles, messieurs, nous allons entendre maintenant une jeune artiste de talent, à la voix de cristal, mademoiselle Maguy Stella !

Margot monta sur scène, salua le public et commença à chanter tout en s'accompagnant elle-même au piano.

En balayant des yeux le public, elle aperçut Félix. Il était là et lui souriait : elle sentait un trouble indéfinissable l'envahir, comme à chaque fois qu'elle le voyait. Elle arriva cependant à finir sa chanson.

Le public l'applaudissait, son père criait « bravo ! » et lui applaudissait aussi. Elle vit également la couturière Denise qui lui souriait au bras d'un très beau jeune homme.

Elle descendit de la scène et alla se changer. Lorsqu'elle alla rejoindre son père, elle reçut un grand nombre de félicitations, ainsi que celles de Félix qu'elle trouva près de M. Vincenti. Celui-ci se tourna vers Margot et lui dit :

— Ma petite, ce jeune homme vient de me demander l'autorisation de t'inviter à danser, je n'y vois aucun inconvénient si toi tu es d'accord !

— J'en serais ravie papa.

— Et bien, c'est entendu, allez danser, moi je t'attends ici. Je vais commander des rafraîchissements.

Félix le remercia et donna le bras à Margot pour la diriger vers la piste de danse au moment où l'orchestre commençait une valse.

— Mademoiselle, je dois vous dire que je vous trouve très en beauté.

— Merci ! Mais je vois que vous aussi !

Elle l'examina discrètement, il était en effet bien vêtu et d'un charme fou. Pour lui parler, elle devait lever la tête car il était grand – pas loin d'1m90 –, mince, brun avec des yeux marron clair et un visage d'une mâle beauté.

Il se pencha et lui répondit :

— Je ne pouvais pas faire moins pour inviter une demoiselle de votre classe !

Il est vrai que Margot était ce qu'on appelait une demoiselle chapeautée : chapeau, chaussures et gants assortis à des toilettes de grande qualité, une catégorie bien au-dessus de la classe ouvrière.

— Je suis si heureux de faire cette valse avec vous et très honoré.

— Monsieur ! C'est un plaisir pour moi, croyez-le.

— Maguy Stella est votre nom d'artiste, mais quel est votre vrai nom si ce n'est pas trop indiscret.

— Je me nomme Vincenti Thérèse, mais on m'appelle rarement Thérèse. Vous allez vous moquer de moi, mais toute ma parenté et mes amis m'appellent Margot.

— Jamais je ne me moquerai de vous mademoiselle et j'espère qu'un jour je serai assez proche et digne de vous pour vous appeler Margot.

— Comme vous y allez monsieur.

— Mademoiselle croyez à mon plus profond respect pour vous, mais je dois vous avouer que vous me plaisez beaucoup et j'espère que vous accepterez d'apprendre à me connaître.

— Vous êtes direct, j'aimerais vous connaître un peu plus, mais attention je suis pleine de défauts.

— Je ne le crois pas. Quant à moi, je ferai tout pour ne pas vous décevoir et ne vous montrer que mes qualités et améliorer mes défauts.

— Je suis sûre qu'ils ne sont pas très nombreux, vous avez l'air d'un jeune homme gentil et galant.

— Du moins j'essaie d'être le meilleur possible, et je travaille dur pour avoir un avenir.

— Vous m'avez dit que vous êtes pêcheur. Est-ce un travail fatiguant monsieur ?

— Oui quelquefois mais vraiment plaisant au contact de l'air marin si vivifiant.

— Vous avez encore vos parents, des frères des sœurs, moi je suis fille unique.

— J'ai deux frères, mes parents sont divorcés et mon père est en Corse. Je ne sais pas où est ma mère, je vis seul ici, mais mes frères sont sur Marseille.

— Que c'est triste ! Vous voyez vos frères au moins.

— Oui quelquefois.

La musique s'arrêta, ils se séparèrent la danse finie. Félix lui demanda alors s'il pouvait la revoir et l'inviter à prendre le thé sur le Vieux Port le samedi après-midi suivant.

— Je ne sais pas monsieur, je sors rarement sans ma mère.

— N'avez-vous pas quelques heures de liberté ?

— Si quand je vais voir ma cousine Jeanne au centre-ville le vendredi après-midi.

— Vous serait-il possible de faire en sorte que nous nous retrouvions pour continuer notre conversation ?

— Je pense que c'est possible vers 16 heures vendredi près de la Samaritaine (grand bar, salon de thé et glacier sur le Vieux Port).

— Merci mademoiselle, j'y serai et attends avec impatience vendredi.

Il la ramena près de son père, les salua et s'en alla.

Son père la regarda et lui demanda :

— Tu connais ce jeune homme ma fille ?

— Un peu mais il habite dans le même quartier que nous.

— Ah bon ! Il m'a l'air très bien ce garçon.

— Je pense qu'il l'est, mais mère n'a pas eu l'air de l'apprécier, l'autre jour, quand on l'a croisé dans la rue, bien qu'elle ne le connaisse même pas.

— Oh, ta mère, tu sais, quand elle a une idée !

Et il fait un vague geste de la main.

Ils répondirent encore tous deux à quelques connaissances et reprirent le chemin du retour.

En route, Monsieur Vincenti sembla sortir de sa léthargie et parla à Margot en ces termes :

— Ma petite, si ta mère nous interroge, nous dirons que tout s'est bien passé. Je pense que pour l'instant ce n'est pas la peine de lui dire que tu as dansé avec ce jeune homme, elle serait mécontente. Je vais prendre des renseignements sur lui au cas où tu aurais à le revoir et je te dirai ce que j'ai appris, et nous aviserons alors pour en parler à ta mère.

— Comme tu veux papa.

— Bon c'est entendu, nous arrivons. Allons prendre de ses nouvelles.

La semaine suivante se déroula comme à l'accoutumée. Margot chanta le mercredi dans une grande salle et remporta encore beaucoup de succès.

Arriva enfin le vendredi au cours duquel elle devait voir sa cousine Jeanne, comme elle en avait l'habitude. Elle partit vers 14 heures et prit une voiture taxi.

Lorsqu'elle arriva chez sa tante, il y avait quelques voisines de celle-ci qui étaient venues boire le café. Sa tante lui demanda de chanter un peu. Margot ne pouvait pas refuser et de ce fait n'eut pas une seule seconde pour parler avec sa cousine. Quand elle vit 15 h 45 à l'horloge, elle prit congé de sa tante, prétextant quelques courses à faire. Sa cousine l'embrassa et la raccompagna.

Margot fut ennuyée de cette situation car elle aurait voulu parler avec Jeanne avant de revoir Félix. Les dés sont jetés, pensa-t-elle. Après tout dans un lieu public, elle ne risquait rien.

Elle marcha donc vers la Samaritaine et n'osait pas entrer seule dans le salon de thé. Elle traversa la rue et alla attendre sur le quai du Vieux Port, un lieu remuant, typique de Marseille, au pied de la colline de la Vierge de la Garde, un site magnifique qui remplit les yeux des passants.

Des femmes qui crient pour vanter les qualités des poissons à vendre, les amoureux qui flairent l'odeur de l'eau salée, les goélands qui poussent leurs cris, tout un monde merveilleux qui ravissait Margot. Au bout de quelques minutes, elle le vit. Lui aussi la repéra et s'avança vivement vers elle pour la saluer.

Il lui prit le bras pour l'escorter jusqu'au salon.

— Mademoiselle, quel plaisir de vous revoir, je vous en prie, entrez, je vais nous choisir une table.

— Merci.

— Tenez, nous allons nous asseoir ici.

Le serveur s'approcha pour prendre leur commande. Margot prit une tarte et un thé, Félix un café.

— C'est tout ce que vous prenez, je vais avoir l'air d'une gourmande à côté de vous.

— Rassurez-vous, c'est que je n'ai pas l'habitude de manger à cette heure-ci, sans quoi, croyez-moi, j'ai un bon coup de fourchette comme on dit.

— Je n'en doute pas.

— Dites-moi mademoiselle, savez-vous que j'ai pensé à vous toute la semaine ?

— Non, mais pourquoi penseriez-vous à moi monsieur Félix !

— Je pense à vous car je vous trouve extraordinaire, pleine de talent et très jolie.

— Vous me flattez monsieur.

— Oh non, c'est la vérité, je suis sincère croyez moi. Je vous dis tout cela et je comprends que ceci doit vous paraître soudain, mais je ressens de l'affection pour vous et j'aimerais mieux vous connaître, excusez moi d'être aussi direct.

— Je suis profondément touchée par votre aveu monsieur, mais nous nous connaissons à peine, je ne sais pas si je dois vous écouter plus longtemps.

— Croyez-moi mademoiselle, j'ai pour vous le plus profond respect, je me rends compte que je brûle les étapes, après seulement deux rencontres, mais je dois avouer que je ne comprends pas moi-même ce qui m'arrive. C'est plus fort que moi, je pense à vous !

— Je suis confuse d'une telle attention monsieur, mais vous vous rendez bien compte que nous devons apprendre à nous connaître.

— Et pour nous connaître, nous devons nous revoir, vous ne seriez pas contre mademoiselle ?

Elle rougit et répondit :

— Non je n'y suis pas opposée.

— Merci mademoiselle, je me présenterai chez vous prochainement et demanderai à votre père de me recevoir, afin que nous puissions nous rencontrer officiellement.

— Vous le trouverez tous les soirs après 17 heures dans le salon où il fait sa lecture.

— Je ne manquerai pas de faire cette visite afin de rassurer vos parents sur mes intentions à votre égard.

— Je dois rentrer maintenant monsieur.

— Je vous quitte et vous dis à bientôt.

Elle lui tendit la main et il s'en empara pour y déposer un léger baiser.

— À bientôt mademoiselle Maguy !

Margot rougit et partit. Elle était à cet instant même, profondément troublée mais en même temps, ressentait un véritable bonheur monter en elle.

Quant à Félix, après avoir réglé la note, il s'éloigna en marchant de manière nonchalante sur le Vieux Port, tout en se félicitant intérieurement d'avoir lu ce manuel sur les bonnes manières avec une jeune fille, et il avait bien vu dans ses yeux qu'elle était troublée par ses paroles.

— C'est dans la poche ! pensa-t-il, satisfait de lui-même.

Lorsque Margot rentra à la maison, elle était tellement sur un nuage qu'elle ne prêta pas attention à ce que lui disait sa mère au sujet de futures représentations, auxquelles elle devait participer.

Tant et si bien que l'heure du dîner arriva, sans avoir eu l'occasion de parler à ses parents de sa rencontre.

Quelques jours plus tard, alors que Margot était avec sa mère en train de répéter un morceau de musique au piano, dans la grande salle, Félix sonna à la porte de leur maison. La bonne, qui était encore là, ouvra la porte. Félix demanda à parler à Monsieur Vincenti et la bonne l'accompagna jusqu'au salon.

Monsieur Vincenti se leva en reconnaissant le jeune homme. Félix se présenta et immédiatement, les deux hommes entamèrent une conversation sur la pêche. Le maître de maison proposa un apéritif au jeune homme, qui accepta. Au bout d'un moment, Félix entra dans le vif du sujet qui l'avait mené jusqu'ici.

Monsieur Vincenti, après l'avoir écouté, lui dit qu'il avait déjà pris des renseignements sur lui et que ceux-ci étaient plutôt favorables.

Mais il se devait de l'avertir qu'il n'arriverait certainement pas à convaincre sa femme qui rêvait d'un parti beaucoup plus brillant pour leur fille, et finit par cette phrase :

— Je crois que vous feriez mieux de renoncer, monsieur, car vous n'êtes pas le gendre idéal aux yeux de mon épouse.

— D'après vous, je ne suis pas assez bien pour votre fille, mais vous êtes-vous demandé ne serait ce qu'une seule fois ce qu'elle veut, elle !

— Notre enfant sait que nous ne voulons que son bonheur, je n'ai rien contre vous personnellement, vous m'êtes très sympathique, mais comprenez notre position monsieur. Je pense que vous devriez partir.

Alors qu'il se levait pour prendre congé, madame Vincenti entra dans la pièce, elle regarda le jeune homme d'un air dédaigneux et interrogea :

— Que faites-vous ici jeune homme ?

— Comme je viens d'en discuter avec votre époux, madame, je venais vous informer de mon désir de fréquenter mademoiselle votre fille.

— Il n'en est pas question ! Ma fille n'a rien à faire avec vous.

— Pourriez-vous m'en donner les raisons madame ?

À ce moment-là, Margot arriva juste derrière la porte pour entendre cette réponse :

— Mais tout à fait. Ma fille est promise à un grand avenir, à devenir quelqu'un de reconnu dans la haute société, et un personnage de votre espèce, un sans-le-sou n'a rien à faire dans le futur de ma fille.

— Je ne suis pas très argenté, c'est vrai, mais je suis courageux et travailleur. Je saurais lui faire une belle vie, s'il lui plaisait de m'agréer.

— Permettez-moi d'en douter, la discussion est close et je vous prierais de sortir monsieur !

Margot, qui était restée pétrifiée, sortit de sa stupeur et intervint :

— Maman, pourquoi tant d'agressivité ? Tu ne le connais même pas.

— J'en sais suffisamment, tais-toi. De toute façon, tu ne le connais pas plus toi-même.

— Si, un peu, nous nous sommes rencontrés deux fois.

— Voyez-vous ça et quand ? Comment ?

— Une première fois au bal à la Sainte-Cécile, papa était là. Et une deuxième fois sur le Vieux Port vendredi.

— Et tu ne m'as rien dit ?

— J'en avais l'intention, maman, mais j'ai eu beaucoup de répétitions et nous n'avons pas eu un moment tranquille pour en parler.

— De toute façon, ça n'a pas d'importance et il n'y a rien à discuter. Monsieur, je ne vous retiens pas.

— Soit ! Je pars madame, bonsoir monsieur, bonsoir mademoiselle Maguy, j'espère que nous aurons l'occasion de nous revoir.

— Cela m'étonnerait, répondit madame Vincenti.

Margot baissa les yeux et ne dit rien.

Félix partit. La rage s'était emparée de lui, faisant ensuite place à une véritable haine envers cette femme. Mais il ne s'avoua pas vaincu, réfléchissant pour trouver une solution. Il pensait aller plus vite : il devra modifier ses plans.

Margot était désemparée, elle ne comprenait pas, et s'avança vers sa mère et lui demanda des explications.

— Tu ne vois pas qu'il n'en veut qu'à ton argent. Je connais ce genre de voyou, ça fait de bonnes manières par devant, mais ça vaut rien au fond. Je t'interdis de le revoir, tu entends, tu as un bel avenir devant toi, ne l'oublie pas !

— Mais je peux avoir un bel avenir même s'il est avec moi, je ne vois pas pourquoi les deux ne seraient pas compatibles.

— Tu es trop jeune et ignorante pour comprendre, mais crois-en mon expérience, ce garçon n'est pas pour toi. Un jour tu me remercieras, oublie-le, il n'en vaut pas la peine

— Je monte quelques instants dans ma chambre maman.

— C'est ça, va te reposer !

Monsieur Vincenti regarda son épouse et lui demanda :

— Tu ne crois pas que tu es allée un peu loin, tout de même.

— Oh non ! Et toi veille à ne pas l'encourager et je ne veux plus en entendre parler, c'est clair.

Il hocha la tête et retourna s'asseoir sur son fauteuil, incapable de résister comme d'habitude.

Margot alla s'asseoir sur son fauteuil et essaya de comprendre ce qu'il venait de se passer. D'un côté, elle se disait que sa mère avait sûrement raison, et d'un autre, elle avait ressenti un tel émoi lorsqu'elle l'avait vu, qu'elle se demanda ce qui lui arrivait. Était-ce cela l'amour ? Il fallait absolument qu'elle arrive à parler avec sa cousine.

Elle avait besoin de savoir pourquoi elle souffrait en pensant qu'elle ne le verrait plus. Sa mère avait été tellement catégorique, mon Dieu que c'était difficile. Aidez-moi Seigneur, pria-t-elle.

Les jours passèrent, Margot avait donné plusieurs représentations, avec toujours beaucoup de succès : sa mère lui avait dit qu'elle avait une belle petite somme de côté maintenant.

Margot ne put voir sa cousine, car celle-ci était allée soigner une tante malade et en avait pour plusieurs jours à son chevet, mais elle ressentait toujours cette douleur de ne pas voir Félix.

Une occasion allait s'ouvrir à elle d'en parler à quelqu'un.

Sa mère l'envoya récupérer des robes retouchées chez la jeune couturière. Lorsque Margot arriva, elle trouva celle-ci seule au logis. Denise lui proposa une tasse de café que Margot accepta et elles commencèrent à discuter entre jeunes filles. Denise en vint à parler tout naturellement de Lucien, le jeune homme qui l'avait demandée en fiançailles avec l'accord de sa mère.

Margot la félicita et ne put s'empêcher de lui dire qu'elle avait beaucoup de chance et de fil en aiguille raconta toute son histoire à Denise, ainsi que l'interdiction que lui avait fait sa mère.

Denise la regarda, et lui demanda :

— Et vous, que ressentez-vous ?

— Je ne sais pas, je sens que je souffre de ne plus le voir, pourtant je sais que ma mère agit pour mon bien, et je connais à peine ce jeune homme, je n'y comprends rien.

— Je suis sûre que votre mère veut vous protéger, vous savez, parfois, le cœur d'une jeune fille ne raisonne pas. Par contre, ce que je ne comprends pas, c'est qu'elle refuse de le connaître, surtout que vous m'avez dit que votre père n'avez pas eu de mauvais renseignements sur lui.

— Oui, c'est vrai, et vous savez, depuis ce jour, moi, je ne suis pas bien, j'y pense beaucoup

— C'est que vous êtes amoureuse mademoiselle !
— Ha ! vous croyez ?
— J'en suis sûre, c'est un sentiment très fort qui commence ainsi, ensuite lorsqu'on se connaît mieux on s'aime vraiment.
— C'est effrayant et si doux en même temps.
— Ne vous alarmez pas ainsi et laissez les choses aller, et si vous le croisez de nouveau, parlez-lui, essayez de savoir ce qu'il ressent ; il faut laisser le temps agir, regardez-moi, je vais me fiancer, mais nous allons attendre deux ans pour mieux nous connaître avant de nous marier.
— Vous avez raison, il faut que je prenne patience, c'est que ma mère a été si catégorique, j'ai eu du mal à comprendre.
— Rien n'est définitif dans la vie.
— Merci Denise, cela m'a fait du bien de parler avec vous, vous êtes une amie pour moi.
— J'en suis heureuse mademoiselle Maguy.
— Appelez-moi Margot, cela sera plus convivial, c'est ainsi que mes amis m'appellent. Bon, je dois partir, je vous dis à bientôt.
Denise prit ses mains entre les siennes, les serra et lui répondit :
— À bientôt Margot !

Les jours s'écoulèrent et Margot se sentait toujours aussi mal. Elle décida d'aller voir son bon curé.

Il la reçut de façon bienveillante comme d'habitude, elle lui raconta ses malheurs, en lui disant qu'elle avait suivi son conseil pour s'aguerrir.

Comme il avait été imprudent en s'exprimant ainsi, il réfléchit et pesant ses mots, il s'adressa enfin à elle :

Mon enfant, s'aguerrir veut dire s'armer contre les coups du sort, et non être imprudente, il faut faire attention avec les personnes que l'on ne connaît pas.
— Mais mon père, cela n'est pas chrétien de condamner une personne dont on ne sait rien par avance !

— En effet, ma fille, il faut être prudent, mais faire la part des choses car nous sommes tous pêcheurs au regard de Dieu. Cependant, vous devez obéir à votre mère, mon enfant.

— Même si c'est injuste, je ne demande pas grand-chose, juste apprendre à le connaître.

— Écoutez, ne vous insurgez pas, si vous rencontrez ce jeune homme, dites-lui de venir me parler et après, nous en reparlerons ensemble ma fille. C'est d'accord ?

— Oui mon père, c'est une excellente idée. Merci de m'avoir écoutée. Êtes-vous en meilleure santé ces jours-ci ?

— Pas vraiment mieux mais je m'incline devant la volonté du Seigneur. Allez mon enfant, je prierai pour vous.

— Merci mon Père.

Margot rentra chez elle, le cœur plus léger.

Deux jours plus tard, elle croisa enfin Félix qui arrivait en sens inverse de la rue qu'elle avait empruntée. Il s'arrêta et la salua dans ces termes :

— Mademoiselle, quelle joie de vous rencontrer enfin. Comment allez-vous ?

— Je vais bien, monsieur, bien que je sois très chagrinée par les propos que vous a tenus ma mère, j'espère que vous ne m'en tiendrez pas rigueur

— Loin de moi cette idée, mademoiselle, jamais pas à vous. J'ai été blessé certes, mais parfois les parents sont protecteurs avec leur enfant.

— C'est juste que vous êtes bon de penser ainsi.

— C'est normal mademoiselle, tout ce que je souhaite, c'est vous donner du bonheur et être avec vous jusqu'à la fin de mes jours, mais je me rends compte que je dois vous mériter avant.

— Je suis si heureuse de voir que vous ne renoncez pas. J'ai parlé de vous au curé de ma paroisse, et il m'a demandé, si vous pouvez, d'aller vous confier à lui.

— J'irai pour vous faire plaisir mademoiselle, dès que je le pourrai, car j'ai beaucoup de travail en ce moment, sur les quais et en plus, je passe le permis pour conduire de gros camions.

— Comme c'est courageux de votre part.

— C'est pour vous que je fais tout ça.

— Vous m'en voyez honorée, monsieur, et très heureuse, je dois vous laisser car ma mère m'attend. J'espère qu'on se reverra bientôt.

— Moi aussi, surtout que j'aurai alors à vous parler d'un important projet.

— Bien. A bientôt alors.

Et elle s'éloigna. La joie était dans son cœur, elle se sentait bien et se disait que lorsque sa mère verra tous les efforts qu'il fait, elle changera sûrement d'avis. Margot voyait la vie en rose ce jour-là.

Félix, lui, suivait sa route, il n'avait pas menti, il allait bien avoir son permis, mais là, il avait rendez-vous avec le capitaine d'un bateau qui devait partir pour Buenos Aires, dans un mois. Le capitaine avait besoin de personnel et c'était bien payé.

S'il n'avait pas eu d'obstacles avec la mère de Margot, il ne serait pas parti mais à présent, il avait besoin d'argent, il ne pouvait pas attendre que les choses s'arrangent avec elle. Bien qu'il soit conscient qu'il s'engageait pour plusieurs mois.

Il était prêt à signer les derniers accords. Ensuite, il devra consolider ses liens avec Margot et s'assurer qu'elle l'attendrait, au cas où il reviendrait.

Les jours passèrent, Margot se produisit dans plusieurs grandes salles. A deux reprises elle avait vu Félix la regarder et l'applaudir, elle en était à chaque fois vraiment émue.

Un soir, après qu'elle eut chanté, sa mère la présenta à un homme d'une trentaine d'années, qui désirait faire sa connaissance. Sa mère avait un grand sourire lorsqu'elle les présenta l'un à l'autre. C'était un homme de belle allure qui tout aussitôt proposa à Margot et à sa mère de venir à une réception qu'il donnait dans la salle de son hôtel particulier, le samedi après-midi suivant.

Madame Vincenti accepta au nom de toutes les deux.

Lorsque le samedi arriva, sa mère lui demanda de mettre sa plus belle toilette car elles allaient côtoyer du grand monde.

Margot obéit, ne voyant là que de très naturel pour l'occasion.

Arrivée à la réception, Margot se rendit vite compte que l'homme qui les avait invitées ne la lâchait pas. Il lui posa un tas de questions sur ses goûts et puis en vain à lui dire qui la trouvait exquise. Margot le toisa de haut en bas, et lui demanda comment il se permettait de lui parler ainsi. Il lui répondit qu'il avait cru comprendre que sa mère était d'accord pour qu'ils apprennent à se connaître. Il avait besoin d'une épouse et elle correspondait exactement à ce qu'il recherchait.

Margot lui répondit :

— Il y a eu erreur monsieur, car mon cœur est déjà pris.

— Vous m'en voyez désolé mademoiselle, et j'espère que l'homme qui a pris votre cœur sait la chance qu'il a. Bonne soirée mademoiselle.

Il la salua et quitta le salon.

Margot chercha sa mère et alla vers elle en lui disant :

— Maman, je crois que c'est le moment de partir

— Mais voyons qu'est-ce qui te prend ?

— Tu le sauras en chemin. Partons s'il te plaît.

Sa mère prit congé des personnes avec lesquelles elle discutait et elles partirent.

— Mais enfin, vas-tu me dire ce qu'il t'a pris ?

— Notre hôte vient de me confier que tu étais prête à me marier avec lui. J'aurais aimé en être informée.

— Je ne vois pas ce qu'il y a de mal à te chercher un bon parti qui aurait pu propulser ta carrière.

— Certainement pas ! Ce monsieur m'est complètement indifférent.

— Tu changeras d'avis lorsque tu le connaîtras mieux.

— Je ne pense pas que je l'intéresserais maintenant car je lui ai dit que mon cœur était déjà pris. Et comment se fait-il que tu es prête à accorder ta confiance à ce monsieur que tu ne connais pas, alors que tu refuses de connaître Félix !

— Pour la bonne raison que j'ai plus d'expérience que toi. Si ce monsieur ne convient pas, n'en parlons plus, il y en a beaucoup d'autres qui seront bien pour toi.

— Jamais, je ne veux pas les connaître !

— C'est ce qu'on verra, en tout cas, tu n'auras pas ton Félix, c'est sûr. Maintenant, calme-toi et en arrivant à la maison, tu iras méditer dans ta chambre.

— Si je comprends bien, la différence entre ce monsieur et Félix, ce n'est qu'une question d'argent !

Sa mère lui appliqua alors une gifle qui secoua Margot.

— Comment te permets-tu ? Maintenant ça suffit, la discussion est close.

Margot ne dit rien, étonnée elle-même de la façon dont elle avait parlé, elle n'aurait jamais cru être capable de tenir tête à sa mère. Elle avait en elle plus de force qu'elle ne l'aurait pensé.

Le dimanche suivant, après la messe qu'elle avait l'habitude d'entendre, elle alla voir son vieux curé.

— Mon père, dit-elle, j'aimerais vous parler s'il vous plaît.

— Bien sûr mon enfant, venez avec moi.

Arrivés dans la petite salle du presbytère, le prêtre l'interrogea :

— Qu'est-ce qui vous tourmente ainsi ?

— Je voudrais savoir si vous avez vu Félix, le jeune homme dont je vous ai parlé.

— En effet, nous avons eu une petite conversation. Il m'a l'air d'un jeune homme courageux, plein de bonne volonté,

— N'est-ce pas ? Alors le croyez-vous sincère ?

— Autant que j'ai pu en juger, mais je ne le connais pas bien encore.

— Oui, c'est sûr ! Mais je vois qu'il vous a fait bonne impression !

— De prime abord, oui !

— Mon père, je suis assez malheureuse en ce moment, ma mère est vraiment contre lui, elle ne peut le souffrir.

— Il faut du temps, il faut apprendre à le connaître mon enfant. Ne vous précipitez pas.

— Je sais que je dois prendre le temps. Mes cousines seront chez nous cet après-midi, je vais me confier à elles.

— C'est cela, parlez avec elles, quelques conseils féminins pourront vous aider ma fille.

— Merci mon père. Excusez-moi de vous avoir dérangé ainsi.

— Ce n'est rien, je suis là pour vous écouter et vous mettre sur la bonne voie. Dieu est toujours là pour veiller sur vous.

— Je sais, merci et à bientôt. Soignez-vous bien, vous avez l'air bien fatigué.

— Au revoir ma fille.

Margot rentra chez elle, la voiture l'attendait dehors pour la ramener.

L'après-midi de ce même jour, Margot pu enfin s'isoler dans une partie du jardin avec ses cousines, Jeanne, Thérèse et Dina. Elle se confia alors à elles, et leur raconta tout. Jeanne fut la première à parler.

— Margot tu m'étonnes, te lancer ainsi dans cette aventure ! Ta mère a raison, tu mérites cent fois mieux, ta carrière commence assez bien, tu as droit à une belle vie !

Thérèse intervint :

— Mais tu vois bien qu'elle souffre, elle est amoureuse.

— Ça passera, ce n'est que l'ébauche d'une amourette, Jeanne a raison, conclut Dina.

— Alors vous aussi, vous le condamnez sans le connaître !

— Non ce n'est pas ça, mais la situation pécuniaire a son importance, comprends-le !

— Et l'amour alors, qu'est-ce que vous en faites ?

Margot a le droit d'aimer qui elle veut, et puis avec sa carrière, elle peut gagner assez d'argent pour deux, vous ne croyez pas ? proclama Thérèse.

— C'est possible mais pas sûr, et surtout n'oubliez pas que notre tante est contre à cent pour cent, répliqua Dina.

— Je vous en prie, aidez-moi au lieu de tout critiquer. Que puis-je faire ?

— Rien, attendre tant que tu n'es pas majeure. Si, d'ici là, tu l'aimes toujours et si aucun des prétendants que ta mère t'aura présentés ne te plaît, alors tu feras ce que tu voudras à ce moment-là, conclut Jeanne.

— Oui, je dois prendre patience. D'ailleurs, il m'a dit lui-même avoir des projets, je verrai comment la situation évoluera, Dieu m'éclairera sur le chemin que je dois prendre.

— Je crois que tu auras besoin de prier plus que tu ne le crois pour convaincre ta mère, dit Jeanne en se levant et en mettant un baiser sur le front de Margot.

Les deux semaines qui suivirent cette conversation se passèrent sans anicroche. Margot donna encore quelques représentations toujours avec succès. Elle n'avait pas revu Félix mais il était toujours dans ses pensées, bien qu'elle ne le connaisse pas depuis longtemps, il était dans son cœur et dans sa tête.

Elle eut l'occasion de le voir un samedi matin alors qu'elle se rendait en ville pour quelques emplettes.

Il la croisa sur le chemin (en vérité, il la guettait), et l'aborda près du Vieux Port.

— Mademoiselle ! Je suis si content de vous voir, peut-on parler quelques instants ? Allons nous asseoir sur ce banc.

— D'accord ! Je vous écoute.

— Mademoiselle, voilà, j'ai une importante nouvelle à vous apprendre.

— Ah bon ! De quoi s'agit-il ?

— C'est dur pour moi de vous l'annoncer, pourtant je le dois.

— Dites-moi, je vous en prie, répondit Margot, inquiète.

— Pour pouvoir gagner de l'argent et trouver une maison ainsi qu'un mobilier digne de vous, j'ai accepté de partir sur un navire marchand pour Buenos Aires, en Amérique du Sud.

— Ciel, pourquoi si loin ?

— C'est très bien payé, ils ont besoin d'hommes mais je risque de partir longtemps, peut-être même une année. C'est un sacrifice mais il est nécessaire, vu l'opposition de votre mère.

— Ohnon ! Ne partez pas à cause moi, c'est inutile. Les choses vont s'arranger.

— Non, je crois pas, et puis cela nous permettra de mettre à l'épreuve notre affection mutuelle, car j'espère que vous éprouvez pour moi de l'affection. En ce qui me concerne, mon affection vous est toute acquise.

— Oui, monsieur, je dois l'avouer, je tiens à vous, dit Margot en rougissant.

— Et moi je vous aime tant mademoiselle, c'est pour ça que je dois partir. Je n'ose pas vous demander de m'attendre, rien ne vous y oblige, j'essaierai de vous écrire mais je suis sûr que votre mère déchirera mes lettres avant même de vous les donner.

— Monsieur Félix, je vous le promets, je vous attendrai, même sans aucune lettre de vous, j'attendrai.

— Quel bonheur mademoiselle ! Mais un tel sacrifice de votre part, ai-je le droit ? Vous pourriez rencontrer un homme plus riche que moi.

— Ne me parlez pas de mon sacrifice alors que vous vous expatriez pour moi et que ferais-je d'un homme riche si je ne l'aime pas, dites-moi ?

— Oui c'est vrai, je vous promets de vous garder toute mon affection. Je dois partir vendredi soir. Viendrez-vous à la porte 4 du port, vers 17 heures, pour me dire au revoir, je vous donnerai une photo de moi si vous le permettez.

— Oui, je serai là et je vous donnerai la mienne.

— Merci mademoiselle, je me considère d'ores et déjà comme votre fiancé.

Il lui prit les mains et les baisa passionnément.

Margot rougit mais ses yeux brillaient de bonheur.

— Oui, monsieur, vous pouvez vous considérer comme mon fiancé et moi comme la vôtre.

— Vous me donnez un grand bonheur mademoiselle. Je dois vous quitter maintenant. Je ne voudrais pas vous retarder, et mécontenter madame votre mère.

— Que vous êtes délicat ! Merci monsieur et à vendredi.

— À vendredi, mais ne pourriez-vous pas m'appeler Félix maintenant ?

— Oui, et vous, appelez-moi Margot tout simplement. Au revoir !

Ils se séparèrent et Margot ressentit à ce moment-là un trouble qu'elle ne pouvait définir, l'émotion était si forte qu'elle tenait à peine sur ses jambes. Elle renonça à ses courses et prit le chemin du retour. Elle pensa s'arrêter chez son bon curé car elle étouffait tellement, son cœur battait si fort que seule la prière pourrait l'aider à reprendre son calme.

Pendant ce temps, Félix méditait sur ce qu'il venait de se passer. « Je la tiens maintenant, je suis sûr qu'elle attendra. » Il crânait mais devait reconnaître qu'il avait été touché par le regard plein de candeur que lui avait adressé Margot.

Cependant, aucun remord ne le visitait dans son cœur et son âme.

Margot arriva un peu plus calme au presbytère pour apprendre une mauvaise nouvelle. Le vieux curé était mourant. La religieuse l'ayant reconnue, elle l'autorisa à entrer dans la chambre juste quelques minutes en lui faisant promettre de ne pas le fatiguer, Margot entra doucement et se mit à prier. Elle lui prit la main et lui dit :

— Merci, merci pour tout mon père.

Le vieux curé ouvra les yeux. Il la reconnut et lui dit :

— Je prierai pour vous ma fille, et n'oubliez pas ce que je vais vous dire. Dieu a pesé le poids des malheurs qu'il met sur nos épaules et il ne met jamais plus que ce que nous pouvons supporter. Faites toujours votre devoir et ayez confiance en l'amour de notre Seigneur. Allez maintenant mon enfant, Dieu me rappelle à lui.

Margot se releva et sortit, les larmes aux yeux. Elle perdait ce jour-là un appui précieux et un bon conseiller.

Elle devra se rappeler longtemps cette dernière phrase du prêtre, jusqu'à la fin de ses jours, en fait.

Elle ne sut jamais comment elle réussit à rentrer chez elle ce jour-là, effondrée, tourmentée par les violentes émotions qu'elle avait ressenties et ce, durant toute cette journée.

Sa mère ne remarqua pas autre chose, mettant l'état dans lequel était Margot sur le compte de la perte du prêtre.

Les obsèques eurent lieu le lundi et Margot pria longtemps dans l'église, essayant de voir clair dans son cœur. Par manque de chance, ses cousines n'avaient pas pu venir. Elles n'étaient pas là, elle ne pouvait donc pas compter sur leur soutien et elle attendait son rendez-vous de vendredi dans un état d'émotion intense. Mais une chose était claire en elle, l'amour qu'elle portait à Félix, rien ni personne ne pouvait le détruire.

Au fond de son cœur, elle en était sûre.

Margot avait marché longtemps pour arriver à son rendez-vous. Elle n'avait pas voulu prendre la voiture. Il commençait à faire vraiment froid mais elle avait un bon manteau. Elle arriva à proximité de l'entrée de la porte 4 et aperçut Félix. Il était beau, il se tenait là, droit, avec son chapeau de marin et son blouson, il était d'une beauté à couper le souffle. Margot s'avança vers lui, Félix lui prit les mains et lui donna tout de suite une photo de lui. Margot la regarda et fit de même, lui donnant la photo qu'elle avait apportée.

— Margot, je suis si heureux de vous revoir avant de partir.

— Moi aussi Félix, mais c'est triste de vous voir partir si loin.

— Vous verrez, les mois passeront vite et je ne vous oublierai pas.

— Moi non plus, je vous le promets. J'attendrai votre retour.

— Je voudrais vous donner un baiser de fiançailles. Vous n'allez pas refuser ce plaisir, dites, à un exilé ?

— Non, je ne refuse pas. Vous pouvez m'embrasser.

Là, dans le crépuscule où des zones d'ombres commençaient à descendre sur l'eau irisée des feux du couchant, un moment unique où la vie paraissait se figer en une seconde d'éternité, les yeux dans les yeux, Félix se pencha et déposa un baiser sur les lèvres de Margot. Il resta appuyé quelques secondes et releva la tête. Il dut la soutenir car il la sentait défaillir. Il faut dire que lui-même était troublé par l'intensité du regard de Margot, dans lequel il voyait tout l'amour qu'elle lui portait et devant la pureté de ce regard, il eut un moment de remord ! Un court moment mais qui avait réussi à l'ébranler.

La force de ses sentiments fut tellement intense et violente que Margot, au moment de ce baiser, en fut émue au-delà de tout ce qu'elle aurait pu s'imaginer, et dut se raccrocher à son bras pour ne pas tomber. Elle sut à cet instant précis que jamais un autre ne l'embrasserait, que Félix serait le seul et unique amour de sa vie.

Félix fut le premier à se reprendre, il la relâcha et la regarda. Le regard de Margot le brûlait, il se sentait mal à l'aise. Il abrégea ses adieux en lui disant que son bateau allait bientôt partir. Margot reprit des esprits et lui rappela encore une fois qu'elle ne l'oubliera pas, il n'en doutait pas un seul instant.

Il descendit vers le quai et au moment de tourner vers le bateau, il se retourna. Elle était toujours là. Il lui fit un signe de la main, elle lui répondit et il rejoignit son bateau.

Margot mit un moment avant de se remettre en marche tellement le choc avait était violent pour elle.

Mais elle devait se reprendre car maintenant, elle avait une promesse à tenir et une lutte à mener contre sa mère. Elle luttera, oui, jusqu'au retour de Félix, elle aura la force. Une vie nouvelle commençait pour elle.

CHAPITRE 2
PREMIER BONHEUR, PREMIER MALHEUR

Margot venait de passer les neuf premiers mois de cette année 1928 à donner des récitals dans plusieurs salles aux alentours de Marseille, Aix-en-Provence et autres petites villes du département. Elle avait refusé la tournée avec le grand ténor italien qui tenait à la voir chanter avec lui, ce qui lui avait valu une énorme dispute avec sa mère, mais elle avait tenu bon.

Non, elle ne voulait pas partir au cas où Félix reviendrait, elle voulait qu'il la retrouve là, dans le quartier. Elle pensait combien Félix devait travailler dur.

Elle eut la surprise de la visite du frère de Félix, Dominique, à qui Félix avait écrit d'aller voir Margot pour lui dire qu'il allait bien. Margot avait été si heureuse de l'apprendre et en même temps de faire la connaissance d'un des frères de Félix. Elle eut une scène avec sa mère à ce sujet aussi, mais que lui importait la mauvaise humeur de sa mère, Margot continuait à lui obéir mais uniquement sur ce qui ne l'obligeait pas à trahir sa promesse et les conflits étaient nombreux.

Elle ignorait cependant une chose, c'est qu'en vérité, Félix avait fait la conquête d'une femme, patronne d'un bar à Buenos Aires, et qu'il menait la belle vie, entretenu par cette femme.

Cette histoire aurait pu durer longtemps et Félix aurait ainsi pu profiter de la situation, mais un événement imprévu bouleversa tout. Les ouvriers se révoltaient contre les grands propriétaires terriens. Il faut dire que l'Argentine était le plus grand exportateur de blé et de corned-beef. Il y avait des rixes dans les quartiers défavorisés et ce climat d'instabilité mit rapidement sa vie en danger ainsi que quelques-uns de ses compagnons Français. Il se vit obligé de prendre le bateau du retour.

Avant de partir, la femme avec qui il vivait lui donna pas mal d'argent, lui faisant promettre de revenir quand le pays serait plus tranquille. Il promit. De toute façon, les promesses ne lui coûtaient guère. L'argent que lui avait donné cette femme le mettait à l'abri pour un moment, et voilà qu'il allait accoster à Marseille, pour le mois d'octobre 1928.

Au cours de la traversée, il sortit la photo de Margot qu'il avait gardée dans son portefeuille sans y penser, et se rappelant l'intensité du baiser qu'il lui avait donné et son regard à elle, il pensa : « Pourquoi pas, ce serait plutôt agréable d'être ainsi aimé et puis, il faut pas oublier l'héritage ».

Pendant ce temps, à Marseille, la vie continuait.

C'était l'anniversaire de Margot qui fêtait ses vingt-et-un ans. Sa mère avait organisé une petite fête familiale. Ses tantes, cousines et autres parents étaient là. Margot recevait beaucoup de cadeaux, du linge de maison, des dentelles ayant appartenu à sa grand-mère maternelle, de la vaisselle en porcelaine de Limoges, et aussi des avoirs légués par sa grand-mère. Avec la petite somme qu'elle avait mise de côté, cela représentait de quoi démarrer une vie à deux. Lorsque Félix serait là, elle espérait qu'il la laisserait participer aux frais de leur installation comme si elle donnait une dot.

Jeanne, Dina et Thérèse riaient et félicitaient Margot. Jeanne s'approcha d'elle et lui dit :

— Te voilà majeure maintenant. Si ton Félix revient, ta mère ne pourra plus t'empêcher de l'épouser s'il veut toujours de toi, bien sûr.

— Pourquoi es-tu si sceptique ? Moi je suis sûre qu'il va revenir et qu'il me demandera de l'épouser. D'ailleurs, je me suis renseignée, un bateau sera de retour le mois prochain, il sera peut-être là.

— Ta mère pense que tu as du oublié depuis le temps. Je vois qu'elle se trompe.

— J'espère que tu as raison concernant ce jeune homme, et que tu seras heureuse, Margot.

— J'en suis sûre voyons, il n'y a pas de raison. J'ai confiance.

Oui, elle avait confiance en l'avenir. Cette naïveté dans la vie était un danger dont Margot n'avait pas conscience, et elle allait en faire malheureusement l'expérience, mais pour l'instant, elle était heureuse et attendait patiemment de retour de Félix.

Margot, s'étant renseignée à la capitainerie, comme elle en avait l'habitude depuis quelques mois, attendait sur le quai la descente des hommes d'équipage. Le bateau avait déjà accosté et les hommes ne devraient pas tarder.

Enfin, les voilà qui descendaient un par un. Margot essayait de voir son visage, elle le reconnaîtrait, c'est sûr, elle ne l'avait pas oublié. Elle le vit enfin, son cœur battait fort dans sa poitrine. Il l'aperçut lui aussi et lui fit un signe de la main. Mon Dieu qu'elle était heureuse, il était bien là.

Lorsqu'il la rejoignit, il lui prit les mains dans les siennes et lui mit un baiser sur la joue. Margot, rougissante, n'arrêtait pas de le contempler, il avait un peu changé, il faisait plus homme, il était vraiment d'une carrure impressionnante, un homme avec qui on se sent protégée.

— Vous êtes là. Quelle bonne surprise Margot.

— Je me doutais que vous seriez sur ce bateau, j'en avais l'intuition, le temps m'a semblé long sans vous.
— Moi aussi, je languissais loin de vous.
— Savez-vous où aller au moins maintenant que vous êtes de retour ?
— Ne vous inquiétez pas, je vais chez mon frère le temps de trouver une maison à louer et un travail, car bien sûr je pense vous revoir mademoiselle, et dès que je le pourrai, je ferai ma demande en mariage, si vous voulez toujours de moi.
— Comment pouvez-vous en douter ? Oui, nous nous reverrons, tenez disons dimanche après-midi sur le Vieux Port, en face de la Samaritaine. Voulez-vous ?
— Et comment ! Bien sûr que je le veux ! A dimanche mademoiselle.
Il lui baisa les mains avec passion. Margot était aux anges.
— À dimanche Félix !

Margot décida de mettre sa mère au pied du mur. Quand elle arriva à la maison, elle alla directement la voir.
— Maman, j'aimerais te parler.
— Je t'écoute Margot.
— Voilà, j'ai revu Félix aujourd'hui. Il est revenu des Amériques. Nous avons discuté et nous sommes décidés à nous marier dès que possible.
Madame Vincenti se leva d'un bond du siège où elle se trouvait.
— Comment as-tu osé aller voir ce vaurien sans ma permission !
— Ce n'est pas un vaurien, et je serais son épouse, mère. J'aimerais bien sûr que cela se fasse avec ton consentement.
— Tu pourras l'attendre longtemps. Si tu te maries, ça sera contre ma volonté.
— Soit. Qu'il en soit ainsi. Je suis majeure donc je peux me passer de ton consentement.
J'espère que pour l'amour de ta fille, tu changeras d'avis maman, pour mon bonheur.

— Justement, tu ne trouveras pas le bonheur avec lui et je ne te rendrais pas service si je te confortais dans cette idée stupide de mariage.

— Je vois que tu ne changeras pas d'avis. Il faudra cependant que nous nous rencontrions officiellement. Vous me direz, toi et papa, le jour qui vous conviendra.

— Tu attendras une éternité, je ferai tout ce que je peux pour casser cette idylle.

— Tu n'y arriveras pas maman. Je l'ai attendu une année entière, je ne renoncerai pas maintenant.

— Comme tu voudras, mais je t'aurai prévenue, laisse-moi maintenant.

Margot sortit de la pièce, madame Vincenti se retrouva seule et se mit à penser : « Je n'aurais jamais cru qu'elle puisse avoir autant de volonté. Comment vais-je pouvoir empêcher ce mariage, inutile de compter sur mon incapable de mari, je vais aller voir le commissaire de police que je connais pour qu'il fasse une enquête sur lui et j'aviserais après. »

Lors du rendez-vous que Margot avait avec Félix, ils parlèrent de leurs projets et de leur installation. Margot proposa de l'aider pour leur futur logis, Félix refusa catégoriquement en lui disant :

— Vous voulez vraiment que votre mère ait une mauvaise opinion de moi ?

— Certes, non, mais je voulais juste vous aider. Acceptez-vous au moins que je récupère ma chambre à coucher qui est complète ?

— Oui, je veux bien, ainsi que vos cadeaux, mais le reste me regarde. J'ai un peu d'argent que j'ai gagné en Argentine et je pense avoir bientôt un travail. Vous verrez, vous ne manquerez de rien.

— Je n'en doute pas, vous êtes si courageux !

— Je vais vous laisser maintenant. Nous reverrons-nous bientôt Margot ?

— Oui, je vous enverrai un mot chez votre frère puisque vous ne pouvez pas venir encore chez mes parents. Si vous saviez comme je souffre de l'attitude de ma mère.

— Soyez patiente, cela s'arrangera. Mais dites, Margot, pouvons-nous nous tutoyer ? Ce vouvoiement me semble un peu inutile entre deux fiancés.

— Oui, bien sûr, nous le pouvons Félix.

— Bien, je pars Margot et je voudrais te donner un baiser.

Margot rougit et lui tendit son visage. Félix ne se contenta pas cette fois d'un chaste baiser, il l'embrassa vraiment à pleine bouche. Margot se sentit partir dans un tourbillon de sensations inconnues d'elle jusqu'ici, elle était complètement sous son charme, elle avait l'impression de tomber, tout l'amour qu'elle lui portait montait en elle comme un volcan prêt à exploser et en même temps elle était si étonnée.

Félix sourit et lui dit :

— Tu as l'air de quelqu'un qui n'a jamais était embrassée.

— C'est vrai, c'est la première fois, je ne savais pas que l'on pouvait s'embrasser ainsi.

— Je t'assure, Margot, que c'est tout à fait normal, tous les amoureux s'embrassent ainsi.

— Au revoir Margot, à plus tard.

— Oui, au revoir !

Elle était encore dans tous ses états, il lui fallut un moment pour réagir et prendre le chemin du retour.

Les jours passèrent, les semaines aussi, madame Vincenti n'avait pas avancé d'un pouce, le commissaire n'avait rien trouvé contre Félix, au contraire, il avait l'air d'avoir des connaissances haut placées qui le tenaient en estime, et le fait qu'il ait de telles connaissances était un mystère. Comment un simple pêcheur pouvait-il avoir de telles manches, comme on disait à l'époque. Personne ne le savait ou ne voulait pas le dire.

Ce qui fit que madame Vincenti était au pied du mur, pourtant, au fond d'elle, rien ne pouvait la faire changer d'avis. Ce garçon n'était pas bon pour sa fille, mais que pouvait-elle faire ? Rien, elle se sentait impuissante et cela la mettait en rage.

Noël arriva et Margot ne voulait pas laisser Félix seul. Celui-ci la rassura en lui disant que son frère et sa belle-sœur l'avaient invité, car son frère Dominique s'était marié entre temps, ainsi que son frère Paul.

Félix avait reçu une convocation pour faire les trois jours d'appel au service national et il y était allé. Margot était inquiète car elle pensait qu'ils devraient retarder leur mariage, mais Félix était de retour deux jours plus tard avec une feuille sur laquelle était noté réformé pour cause médicale – pieds plats – mais bien sûr il ne les avait pas. Quelques personnes de sa connaissance avaient fait pression sur le médecin pour qu'il édite ce document.

Encore un mystère. Comment pouvait-il connaître tant de monde ? Il ne se confia jamais à Margot à ce sujet.

Ils avaient décidé de se marier au mois de juin de l'année 1929, et Margot devait en discuter avec ses parents. Elle le fit quelques jours avant Noël alors qu'ils prenaient le café tous les trois dans le salon.

Dès les premiers mots, sa mère se mit en colère. Son père intervint alors et demanda à Margot de les laisser seuls quelques instants et qu'il la rappellerait.

Il lui parla alors dans ces termes :

— Voyons, calme-toi, tu n'y peux rien et moi non plus. Elle fera ce qu'elle veut. Tu voudrais qu'elle se marie seule et que tous les voisins jasent sur nous ? Réfléchis.

— Oui, je sais que tu as raison mais c'est plus fort que moi, je ne peux pas le souffrir.

— Écoute, fais un effort. Nous allons l'inviter à dîner pour le jour de l'An, et il te sera plus facile de le surveiller si tu n'as pas confiance en lui en officialisant leurs fiançailles.

— Oui, je n'y avais pas pensé. Tu as de bonnes idées quelquefois. Nous inviterons ses frères et leurs femmes pour ce semblant de dîner de fiançailles, mais je t'avertis, le mariage sera une cérémonie simple, les frères de Félix, les tantes, nos nièces, nous et c'est tout. Une réception dans le jardin et je l'aurai à l'œil celui-là.

— Bon, c'est entendu. Appelons Margot pour lui dire, elle sera heureuse et toi, tu pourras les surveiller.

Monsieur Vincenti rappela sa fille et lui parla du projet d'officialiser leurs fiançailles pour le jour de l'An.

Margot était très heureuse de cette décision et remercia ses parents. Madame Vincenti resta de glace et souligna le fait qu'elle faisait un effort car elle voyait bien que sa fille ne changerait pas d'avis. Elle s'inclinait pour éviter un esclandre.

Malgré cette dernière phrase, Margot était toute à sa joie et partit tout de suite dans sa chambre écrire un mot à Félix.

Lorsque Félix reçut le mot de Margot, il exulta. La partie semblait gagnée, il alla avertir ses frères qui acceptèrent cette invitation.

Le jour de l'An 1929 arriva très vite. Le repas était prêt, la pièce montée en choux à la crème avait été livrée. Margot faisait les cent pas. Elle avait mis une belle robe blanche en coton, rehaussée de dentelle de Calais aux manches et à l'encolure. Elle était impatiente de voir Félix franchir la porte de la maison de ses parents. Il arriva enfin avec ses frères et ses belles-sœurs. Margot connaissait l'une d'entre elles qui était très gentille et se prénommait Louise, la seconde Margot, comme elle. Ils étaient tous bien habillés et Félix était beau comme un dieu. Il n'avait rien apporté car il savait que s'il avait offert des fleurs à madame Vincenti, elles seraient parties à la poubelle. Lorsqu'il entra, il baisa la main de Margot, serra la main de monsieur Vincenti et s'arrêta devant madame Vincenti pour s'incliner. Elle lui adressa un mouvement sec de la tête, c'était tout ce qu'elle pouvait lui accorder. Après les présentations, tous passèrent à table.

Tout le monde discutait sauf madame Vincenti qui restait silencieuse, observant Félix d'un œil peu amène. Le moment vint de s'approcher de la pièce montée, monsieur Vincenti, face au silence de sa femme, se sentit obligé de faire un bref discours. Félix sortit alors un écrin de sa poche dans lequel il y avait une jolie petite bague en or. Il n'avait pas les moyens d'acheter une plus grosse bague. Il la mit au doigt de Margot, qui était très émue, et lui donna alors un baiser de fiançailles, Mme Vincenti s'approcha de sa fille et regarda la bague, elle ne put s'empêcher de dire :

— Ma fille a dans son coffre à bijoux des bagues beaucoup plus grosses que celle-là.

Margot répondit du tac au tac :

— Je trouve celle-ci cent fois plus jolie.

La tension était palpable. Monsieur Vincenti, voulant éviter que la situation explose, invita tout le monde à manger la pièce montée, et après le café, Félix prit congé et partit avec sa famille.

Malgré le petit incident de la bague, Margot était heureuse et discutait jovialement avec son père. Sa mère la regardait et ne dit rien, mais elle ressentait une telle haine envers son futur beau-fils qu'elle en voulait maintenant à Margot de lui avoir tenu tête. Elle préféra monter dans sa chambre pour ne pas exploser.

Les préparatifs du mariage continuaient, Félix avait trouvé un petit trois-pièces, l'endroit était propre et bien agencé. Il mit une belle cuisinière à charbon qui tiendrait chaud l'hiver, une table de cuisine avec deux chaises, un vaisselier, la chambre accueillerait les meubles de Margot. Il restait une pièce qui devait faire office de salon. Félix dénicha deux fauteuils et Margot comptait y mettre son piano et quelques sellettes et petits meubles de sa grand-mère.

Elle s'occupait aussi des menus détails usuels, comme une bassine, des casseroles, etc.

Elle avait suffisamment de linge et de vaisselle pour son installation. Tout allait pour le mieux mais un seul point lui faisait peur, la nuit de noces. Personne ne lui en avait parlé et elle n'osait pas poser la question ni à ses cousines, ni à ses amies.

Le jour de son mariage arriva enfin. Elle parla un bon moment avec monsieur le curé, qui n'était pas son vieux curé, malheureusement, mais il était bienveillant lui aussi. Il insista sur le fait qu'elle devait faire tout son devoir envers son mari. Elle écoutait et se sentait prête à devenir une bonne épouse.

Tout le monde était en habit, ses cousines avaient aidé Margot à s'habiller et ayant rencontré Félix, elles lui dirent qu'elle avait beaucoup de chance car il était vraiment charmant. Margot se regardait dans le miroir et elle se sentait belle aujourd'hui. Elle avait une robe de dentelle blanche avec un voile magnifique, ses cousines trouvaient que son regard avait un éclat particulier. Elles descendirent pour partir à l'église, sa mère était en bas de l'escalier avec son père. Dès qu'il la vit, son père vint au devant d'elle pour l'embrasser, sa mère la regarda, émue malgré tout de voir sa fille unique en robe de mariée, et lui dit ces mots :

— J'espère que je me trompe et que tu seras heureuse, ma fille.

— Merci maman, tu verras, je serai heureuse.

Ils partirent tous vers l'église où Félix attendait avec sa petite famille et deux amis à lui, dont l'un était le témoin. Le prêtre fit son allocution et les mots qu'il prononçait étaient pris à la lettre par Margot, – amour, fidélité, protection dans la richesse comme dans la pauvreté –, au contraire de Félix qui, lui, s'en moquait complètement. Enfin, le prêtre les déclara mari et femme, ils s'embrassèrent, scellant ainsi leur union pour toujours.

Tous partirent ensuite à la mairie pour la partie administrative. Cette partie du mariage avait encore été une source de dispute entre la fille et la mère. Cette dernière voulait un contrat départageant les biens et Margot n'avait pas voulu en entendre parler. Les voilà mariés, tout le monde partit à la petite réception dans le jardin des parents de Margot. Tout se passa bien, et vint le moment où les mariés rentrèrent pour la première fois ensemble dans leur petit appartement.

Très émue, Margot embrassa ses parents, ses cousines qui restaient là jusqu'au lendemain, tous les autres invités étaient déjà partis.

Arrivés chez eux, Margot enleva son voile. Félix lui demanda si elle désirait un verre d'eau ou autre. Elle lui dit que, en effet, elle voulait bien un verre d'eau.

Ensuite, ils entrèrent ensemble dans la chambre. Margot avait prévu un paravent pour mettre sa chemise de nuit, Félix, lui, se déshabilla et se mit dans le lit en slip.

Margot sortit de derrière le paravent et s'approcha du lit. Félix écarta les draps mais lorsqu'elle vit qu'il ne portait presque rien, elle fit un pas en arrière. Félix la regarda et demanda :

— Qu'est-ce qu'il t'arrive Margot ? Viens !

— Que va-t-il se passer ?

— Mais rien que de très naturel entre un mari et sa femme. Je sais que c'est la première fois pour toi et que tu as un peu peur mais tu verras, avoir des rapports sexuels, ce n'est pas si terrible, c'est même plutôt agréable !

Au mot sexuel, Margot prit peur, elle poussa un cri et se réfugia sous le lit.

— Enfin, Margot, ceci est ridicule, sort de là voyons, je vais t'expliquer puisque apparemment personne ne l'a fait. Voyons sors, fais-moi confiance.

Elle finit par sortir et s'approcha du lit

— Viens, assieds-toi sur le lit, nous allons parler.

Et Félix se mit à lui expliquer ce qu'étaient des rapports sexuels et que c'était ainsi que l'on faisait des enfants (il n'en voulait pas pour l'instant ça aussi il savait comment faire pour ne pas la mettre enceinte).

— Margot écarquillait les yeux, n'en revenant pas. A l'époque, personne ne parlait de ces choses-là. Elle s'allongea auprès de Félix et le laissa faire. Après avoir eu un peu mal, elle commença à se détendre et Félix pensa qu'après tout, il pouvait lui rendre la chose agréable.

Le lendemain, ils partirent en Italie chez un oncle de Margot. Ils prirent le train et passèrent quatre jours très agréables. Félix fit la conquête de l'oncle, tout se passa bien, mais les jours de congés de Félix finissaient et ils devaient rentrer.

De retour chez eux, Félix lui dit qu'il devait lui parler :

— Margot, je vais reprendre le travail, je pense que tu t'en sortiras toute seule.

— Oui, bien sûr, et je dois répéter, j'ai une représentation samedi soir dans une grande salle du centre de Marseille.

— Oui, je serais là, je viendrais avec toi.

— Merci, je serais contente de te savoir près de moi.

— Bon, mettons-nous d'accord pour le budget, je garde de l'argent de poche pour ce que je peux avoir besoin tous les jours et tout le reste, je te le donne. Tu tiendras les comptes pour payer le loyer, les courses, enfin, tout ce qu'il faut. Penses-tu t'en sortir ?

— Oui, ne t'inquiète pas, j'ai été à bonne école avec ma mère.

— Je n'en doute pas. Bien, allons nous coucher, demain, je pars tôt au travail.

— Oui, j'arrive.

Et la vie à deux commença. Margot se fit aider par la bonne de sa mère au début, après elle arrivait à tout faire le matin dans la maison et répéter ses morceaux de piano l'après-midi. Elle s'en sortait pas mal en cuisine aussi, sa mère pouvait être fière d'elle.

Au début, tout allait bien, mais au fur et à mesure des concerts, Félix disait qu'il ne supportait pas tous ces hommes qui venaient lui rendre hommage et la féliciter. Margot lui répondait que cela n'avait aucune importance, ces hommes ne comptaient pas, elle ne les voyait même pas, mais c'était son métier qui voulait cela.

En réalité, il savait que depuis que Margot avait refusé de chanter avec le ténor, elle avait grillé ses chances de monter plus haut. Autant qu'il ait une emprise totale sur elle et qu'elle reste à la maison, loin du monde qui risquait de lui parler de lui un jour.

Deux ans après le mariage, Margot se sentait mal tous les matins. Elle finit par aller voir le docteur, il lui posa des questions et l'examina. Elle avait un peu honte mais comme elle le connaissait depuis longtemps, elle le laissa l'examiner.

Lorsqu'elle eut fini de se rhabiller, le médecin lui demanda de s'asseoir et lui annonça qu'elle était enceinte, Margot resta stupéfaite et demanda :

— Mais comment docteur, ce n'est pas possible !

— Voyons madame, vous avez bien des rapports sexuels avec votre époux ?

— Oui, mais depuis deux ans, je ne suis pas tombée enceinte.

— Oui, mais maintenant ça y est, la nature est ainsi faite madame. Cela ne vous fait-il pas plaisir ?

— Si, docteur, bien sûr que je suis très heureuse, croyez-moi, mais c'est que je ne m'y attendais pas.

— C'est une belle surprise à apprendre à votre mari ce soir.

— C'est sûr, merci docteur.

Le soir même, Margot, excitée, lui annonça la bonne nouvelle. Félix lui sourit en lui disant qu'il était heureux d'avoir un enfant.

Madame Vincenti, quant à elle, prit très mal la surprise. Elle dit à Margot que Félix aurait pu attendre et ajouta :

— Tu te rends compte que tu ne pourras plus chanter maintenant, lorsque tu vas être grosse ?

— Hé bien je m'arrêterai un peu et puis je reprendrai.

— Oui, tu parles ! Personne ne reprend quand il est absent de la scène trop longtemps et Félix fera tout pour que tu ne reprennes pas.

— Qu'est-ce que tu racontes, maman ? Félix fait tout pour me rendre heureuse. Tu lui prêtes des idées qu'il n'a pas.

— Oui, c'est ça, c'est moi qui fabule, on verra qui a raison mais ne viens pas pleurer.

Margot regarda sa mère. Elle sentait bien qu'elle détestait toujours autant Félix. Elle ne répliqua rien, ce n'était pas la peine.

Margot grossissait de plus en plus, et un jour, elle demanda au docteur :

— Mais enfin docteur, par où va sortir cet enfant ? Vous allez m'opérer ?

— Quoi ? Vous ne savez pas comment naissent les enfants !

— Non docteur !

— Seigneur ! Bon, je vais vous expliquer, c'est simple, c'est par là ou il est entré…

Et le médecin eut la délicate mission de lui expliquer.

Vraiment Margot était ignorante de la vie, elle en voulait à sa mère de ne jamais lui avoir parlé des choses de la vie. Elle venait de passer pour une idiote.

Quelques mois plus tard, Margot accoucha d'une magnifique petite fille qu'elle appela Catherine. Elle était heureuse, le bébé était vraiment merveilleux. Margot lui donnait le sein, Félix était très content mais il disait qu'il voulait travailler plus pour son enfant et il rentrait très tard le soir. Et Margot se sentait un peu seule.

Ses cousines étaient venues voir la petite et lui avaient fait de beaux cadeaux. Sa mère aussi était venue et semblait s'être adoucie depuis la naissance.

La petite grandissait. Elle était douée, elle parla rapidement et marchait déjà presque seule à neuf mois. Un jour, la mère de Margot lui dit qu'elle avait envoyé la photo de la petite à un concours du plus beau bébé de Marseille en cette année 1932. Margot n'y croyait pas mais était contente que sa mère s'intéresse à l'enfant.

Puis, un jour, elle reçut un télégramme d'un journal qui lui annonçait qu'un journaliste allait venir prendre des photos de la petite, car elle avait gagné le premier prix. Margot était fière et heureuse. Félix aussi était content et il laissa faire.

Les jours s'écoulaient. Margot n'avait pas rechanté, elle n'avait plus cet apport supplémentaire grâce aux cachets qu'elle gagnait. Elle y arrivait difficilement et se voyait contrainte de piocher dans la petite réserve qu'elle s'était faite. Félix, lui, faisait celui qui ne voyait rien. Il lui donnait toujours la même somme, malgré le fait qu'il fasse plein d'heures supplémentaires, puisqu'il rentrait toujours tard.

Un jour, sa mère lui posa la question :

— Il paraît que Félix rentre tard le soir ?

— Oui, il fait beaucoup d'heures en plus.

— Tu dois crouler sous l'argent avec un tel salaire !

— Pas précisément mère.

— Comment ? Il ne se fait pas payer ses heures ? Il doit les réclamer ! Il se fait avoir ma pauvre !

— Ah ! Bon, je le lui dirai.

— Oui, tu ferais mieux de lui en parler, cela m'ennuierait de savoir que mon gendre se fait avoir.

— Merci mère, c'est gentil de ta part.

— Je t'en prie, ce n'est rien, c'est naturel. J'ai de l'expérience due à mon âge.

Une fois sa mère partie, Margot réfléchissait « Il faut que je prévienne Félix, il n'a certainement pas fait attention ».

En fait, madame Vincenti l'avait fait exprès pour ouvrir les yeux de sa fille. Elle espérait ainsi dévoiler, car Dieu seul sait où il passait ses soirées. En tout cas, ce n'était pas au travail, elle s'était renseignée.

Le soir venu, elle informa Félix de la conversation qu'elle avait eue avec sa mère. Il se mit en colère et lui dit :

— Tu n'as pas à parler de nos affaires à ta mère. Je sais bien ce que je fais, crois-moi, quelquefois, on est payé de suite pour les efforts que l'on fait, mais ensuite, ça paie. Je ne comprends pas que tu puisses croire que je suis un idiot.

— Mais non, je sais bien que tu n'es pas idiot. C'est que tu travailles tout le temps, je ne te vois plus et tu n'as pas plus d'argent, c'est tout.

— Je viens de t'expliquer pourquoi, et quand j'aurai une meilleure situation, tu comprendras.

— Oui, ne nous disputons pas, s'il te plaît.

— D'accord mais ne discute plus avec ta mère de nos affaires personnelles, d'accord ?

— Oui, je te le promets.

— Bon, mettons-nous à table maintenant et n'en parlons plus.

Et la prenant alors dans ses bras, il lui dit :

— Je t'aime, tu le sais, alors fais-moi confiance s'il te plaît.

— Mais j'ai confiance en toi, je voulais t'aider, c'est tout, et je t'aime tant.

Il l'embrassa et encore une fois il renforça son emprise sur elle.

Une année était passée. Margot était au chevet de sa petite fille qui avait une forte fièvre. Elle était inquiète, de plus, il était tard et elle était seule. Elle se souvint tout à coup qu'il y avait un jeune médecin, à cinquante mètres de chez elle, qui habitait au-dessus de son cabinet. Elle enroula la petite dans une couverture et courut vers la maison du médecin.

Elle sonna plusieurs fois, le jeune médecin, qui se nommait Max. B, ouvrit le volet et Margot lui cria :

— Au secours, s'il vous plaît, aidez-moi, ma fille est brûlante de fièvre.

— Je descends tout de suite.

Il lui ouvrit la porte, prit l'enfant et l'examina sur-le-champ. Il lui expliqua qu'il allait la mettre dans l'eau pour faire tomber la fièvre.

Il se rendit compte que la nuque avait une raideur. Il informa immédiatement Margot que c'était grave, qu'il allait appeler un voisin pour l'emmener à l'hôpital, à moins qu'elle ait les moyens de payer une ambulance.

Margot répondit :

— Appelez une ambulance vite, je paierai.

— D'accord, allez laisser un mot à votre mari et pendant ce temps-là, j'appelle.

— Entendu, je cours, je reviens de suite.

Margot laissa un mot sur la table pour Félix et repartit chez le médecin. Quelques minutes plus tard, ils étaient tous les deux dans l'ambulance avec la petite pour une course contre la mort.

Arrivés à l'hôpital, des médecins prirent en charge la petite. Le docteur leur expliqua les symptômes en les suivant. Margot devait attendre dans la salle d'attente.

Au bout d'un moment, le docteur sortit de la salle et rejoignit Margot qui était inquiète. Elle le regarda et lui demanda :

— Alors docteur, comment va-t-elle ?

— Je suis désolé, nous avons fait tout ce que nous avons pu, mais il était trop tard. C'était une méningite foudroyante, rien n'aurait pu la sauver, elle est morte.

Margot sentit le sol se dérober sous ses pieds, tout se mit à tourner et elle s'évanouit. Lorsqu'elle reprit connaissance, le jeune médecin était auprès d'elle. Elle le regarda et lui dit :

— Ce n'est pas vrai, dites ?

— Hélas, je suis désolé, je sais que c'est dur pour vous mais il faut l'admettre.

— Quand pourrais-je la prendre ?

— Demain matin, il faut le temps de faire les papiers.

— Je veux la voir.

— Je ne pense pas que ce soit une bonne idée.

— Je vous en prie, je serai forte.

— Bon venez, suivez moi.

Margot le suivit, elle avait tant de peine et Félix qui n'était toujours pas là. Quand allait-il arriver ?

Elle vit le petit corps dans un drap blanc. Elle pleura et l'embrassa. Elle souffrait horriblement. Le médecin lui prit la main, elle lui en fut reconnaissante, il la ramena vers la salle d'attente et lui donna le verre d'eau qu'il avait demandé à une infirmière.

Félix arriva sur ces entrefaites. Margot se jeta dans ses bras et pleura à flots. Il demanda au docteur ce qu'il se passait. Le médecin lui annonça la mort de sa petite fille. Il fut profondément touché. Il calma Margot, puis, après avoir pris les renseignements nécessaires, ils repartirent chez eux.

Margot dormit longtemps, le médecin avait confié un comprimé à Félix avec ordre de lui donner une fois arrivés à la maison.

Lorsqu'elle se réveilla, sa mère était là. Félix lui avait appris la nouvelle et lui avait demandé de venir surveiller le réveil de Margot pendant qu'il s'occupait des formalités.

Elle prit sa fille dans ses bras et lui dit :

— Ma pauvre enfant !

— C'est si dur mère, et si injuste.

— Je sais, ma fille, que c'est difficile. Nous allons prier ensemble pour que Dieu protège son âme.

— Oui, maman, prions !

Elles se mirent à prier toutes les deux. Margot s'apaisa. Elle se sentait toujours mieux après avoir prier.

Les mois qui suivirent furent douloureux pour Margot. Elle n'avait aucun soutien moral de la part de Félix mais elle l'excusait, se disant qu'il avait beaucoup de travail. Au fur et à mesure que le temps passait, la paix revenait en elle.

Félix lui avait fait admettre qu'elle ne pouvait plus se produire en public maintenant. Il avait bien fait pénétrer cette idée dans son cerveau. Margot pensa alors donner des leçons de piano et de chant à des jeunes filles.

Félix la poussa dans ce sens et elle commença à mettre des annonces.

Madame Vincenti, qui l'apprit, se déplaça jusque chez sa fille pour lui dire ce qu'elle en pensait :

— Tu renonces à une belle carrière pour avoir une vie médiocre auprès de ton Félix. Je te l'avais prédit que cela finirait comme ça, je vois qu'il a réussi, tu vas devenir quelconque pendant que monsieur, lui, aura la belle vie. Mais tu ne te rends compte de rien ou quoi ?

— Assez, maman, cela suffit. Je connais ton parti pris contre Félix, mais il n'y est pour rien, ce sont les circonstances de la vie.

— Pour la petite peut-être, bien qu'il ne fût encore pas là, à cause de ses soi-disant « heures supplémentaires ». Mais tu aurais pu reprendre des contacts car tu as du talent

— Non, maman, j'ai été absente trop longtemps, plus personne ne se souvient de moi.

— Comment le sais-tu ? As-tu appelé tes contacts ? Es-tu allée voir le directeur de l'Alcazar ?

— Non, ce n'est pas la peine, je t'assure.

— C'est lui qui t'a dit ça, n'est-ce pas ?

— Oui, et il a raison.

— Ben voyons, il a surtout bien manœuvré ! N'écoute pas ta mère et tu verras, tu t'en mordras les doigts, crois-moi.

— Ce que je fais de ma vie me regarde, maman, et si je me trompe, tant pis pour moi

— Ah oui, et tant pis si ta mère t'a toujours soutenue, a fait mille sacrifices pour que tu aies une belle carrière… Tout ce qui compte, c'est-ce que dit Félix !

Margot la regarda et elle vit la haine que sa mère vouait à Félix. Pourtant, une partie de ce qu'elle disait était vrai.

— Je sais, maman, tout ce que tu as fait pour moi, crois-moi, je ne suis pas ingrate, mais c'est fini. Et puis je n'aurai pas la force de chanter alors que mon cœur est encore avec ma petite.

— Ce qui est arrivé est une tragédie, je ne le nie pas, mais la vie continue, et tes représentations assureront ton avenir, plus que tes leçons de piano.

— N'insiste pas maman, j'ai pris ma décision.

— Disons plutôt que c'est Félix qui l'a prise, cette décision.

Sur ces mots, elle se leva et prit congé de sa fille, Margot pensait aux paroles de sa mère. Et si ce qu'elle lui disait était vrai ? Non, elle n'avait pas le droit de douter de Félix.

Six mois après, Margot dut aller voir le médecin car elle ne se sentait pas bien du tout. Elle avait gardé le docteur Max B et avait tissé avec lui un lien de confiance. Il l'examina et lui annonça qu'elle était de nouveau enceinte.

Margot n'eut aucune réaction sur le moment, puis réalisa que Dieu lui donnait une nouvelle chance d'être mère. Elle demanda au médecin s'il était sûr et il lui confirma.

Elle rentra chez elle, attendant le retour de Félix pour le lui dire. Il lui affirma qu'il était content et Margot se sentit soulagée.

Elle donna naissance à un garçon en 1934 qu'elle prénomma Jean, puis eut un deuxième garçon en 1935 qu'elle appela Nonce.

Sa mère était en colère lorsqu'elle apprit ses deux grossesses successives. Elle fut même grossière envers sa fille, en lui demandant si le sexe de son mari était en or pour qu'elle se laisse mettre enceinte à ce rythme.

La vie continuait tant bien que mal pour Margot, jusqu'à ce jour de l'année 1936, alors qu'elle venait d'apprendre qu'elle était encore enceinte, son petit Jean, qui était soigné pour une rougeole, fut pris de convulsions. Le temps de le mener jusqu'à l'hôpital, le petit était mort. Margot n'arrivait pas à y croire, son cœur saignait, la souffrance était intolérable. Elle repensa à sa petite fille et se dit que deux anges, cela faisait beaucoup quand même. Elle pria toute la nuit pour ses deux enfants.

Félix, lui, n'eut aucune réaction. Il s'occupa des papiers comme d'habitude. Pour lui, la vie continuait. Margot admirait sa force de caractère. Quant à elle, elle ne pouvait que pleurer.

Elle dut cependant reprendre le dessus. Son petit Nonce, Nono comme elle l'appelait, était là et il avait besoin d'elle, et elle portait également une nouvelle vie.

Son quatrième enfant vit le jour en mars 1937. Elle lui donna le prénom Émile-Jean, en souvenir de son petit décédé.

Cette année-là, elle revit ses cousines qui étaient elles aussi mariées, mais aucune d'entre elles n'avait d'enfant. Elles venaient de temps en temps voir les enfants car c'étaient les marraines des petits et elles avaient de bons rapports avec Margot et Félix.

Tout du moins, c'était ce que Margot croyait, car en fait, Jeanne avait déjà dit à Félix ce qu'elle pensait sur sa façon de faire. Il l'avait remise à sa place et pour ne pas faire plus de mal à sa cousine, Jeanne ne disait rien.

Margot avait aussi revu Denise qu'elle avait perdue de vue après son mariage. Denise lui présenta sa petite fille Lucette, une jolie blonde aux yeux bleus. Elles étaient toutes deux dans le parc, promenant les enfants, avec leurs poussettes. Denise était heureuse, et lui annonça que sa sœur Georgette était mariée elle aussi et avait une fille, Arlette.

Margot lui raconta ses malheurs et Denise en fut attristée pour elle. Elles se quittèrent en promettant de se revoir.

Ce que Margot ne savait pas, c'était la double vie que menait Félix. Les heures supplémentaires et les déplacements continuaient mais aucun complément d'argent n'arrivait. Margot n'osait plus le questionner, elle se débrouillait avec ce qu'il lui donnait. Depuis qu'elle avait eu les enfants, le locataire de la propriété de sa mère était parti, et sa mère lui avait donné la maison pour qu'elle s'installe avec les enfants. Elle n'avait pas assez de place dans son petit appartement, cela lui faisait économiser un loyer.

D'autant plus que la propriété était grande, elle se composait de trois maisons. La principale, où Margot s'installa, contenait une cuisine, une grande salle et trois chambres. Les deux autres étaient des maisonnettes de trois pièces chacune, sur le devant de la maison il y avait une grande cour et un petit jardin avec un lavoir.

Elle était reconnaissante vis-à-vis de sa mère, malgré l'hostilité que madame Vincenti faisait toujours ressentir à Félix.

L'hostilité de madame Vincenti était malheureusement bien dirigée, car Félix n'était qu'un menteur et un manipulateur, mais il était impossible d'ouvrir les yeux de Margot.

Félix, lui, avait courtisé et séduit une jeune et charmante infirmière à qui il avait fait un enfant, une petite fille prénommée France, née presque en même temps que le petit Émile. Il endormait la conscience de cette jeune femme qui se trouvait ainsi seule avec un enfant, – situation difficile pour une femme à cette époque –, lui faisait des promesses qu'il ne comptait pas tenir. Elle savait qu'il était marié, mais il faisait le malheureux et racontait des mensonges.

Pour arriver à ses fins, il participait aux frais de l'enfant, car il voulait que l'enfant reste sa fille et il gardait le pouvoir sur la mère.

Cette magnifique jeune femme avait alors inventé pour le voisinage qu'elle était mariée, mais que son mari était agent de commerce et qu'il se déplaçait souvent.

Il lui arrivait de gagner pas mal d'argent dans des travaux qu'il faisait en plus, et cet argent passait à l'autre, alors que Margot luttait pour vivre convenablement.

Margot croyait tout ce qu'il lui disait, et le serpent endormait Ève, comme il endormait aussi la mère de la petite France, et encore bien d'autres femmes avec lesquelles il faisait le joli cœur.

Certaines de ces femmes, plus âgées que lui, lui donnaient de l'argent de temps en temps. Cet argent lui servait à payer ses sorties nocturnes.

Telle était sa vie, loin de ce qu'il faisait croire à Margot.

CHAPITRE 3
LA MALÉDICTION

Au fur et à mesure que les mois passaient et que les enfants grandissaient, Margot se rapprochait d'une voisine, Marthe, une mère d'une famille nombreuse. Cette femme arrivait juste à joindre les deux bouts, avec le maigre salaire de son mari. Margot l'aidait quelquefois lorsqu'elle le pouvait et des liens d'amitié s'étaient tissés entre les deux femmes.

La situation était très difficile, les syndicats des travailleurs organisaient des grèves un peu partout, les événements politiques étaient inquiétants. Au mois de juillet 1937, il y avait eu un rassemblement du congrès socialiste de Marseille.

En 1938, les journaux parlaient de la montée au pouvoir d'Hitler en Allemagne. Cette même année, les dockers de Marseille se mettaient en grève et réclamaient la semaine des quarante heures. Ils furent remplacés par des ouvriers sénégalais. Les rues de Marseille n'étaient plus aussi sûres et tous ces événements faisaient peur à Margot.

Félix, lui, s'organisait toujours et arrivait à se débrouiller tant bien que mal au vu des informations nationales. De ce fait, il était un peu plus à la maison mais ne supportait pas beaucoup ses fils lorsqu'ils pleuraient ou faisaient un caprice. Margot faisait son possible pour qu'ils ne dérangent pas Félix, mais quelquefois, il les punissait et donnait une fessée aux garçons. Il tapait fort, Margot ne le supportait pas et la plupart du temps, elle se mettait au milieu pour l'arrêter. Il lui arriva même de prendre un coup sur le bras, dans le feu de l'action.

Mais comme toujours, elle l'excusait, se disant qu'il était fatigué du travail et les cris des enfants en plus devaient l'exaspérer.

Alors, elle allait au parc promener les enfants, ou bien elle passait une heure chez la voisine.

L'état de guerre était prononcé, tout le monde était rationné. Heureusement, quelquefois, Denise lui apportait des tickets de pain en plus, grâce à sa sœur qui était mariée au boulanger et Félix se débrouillait grâce à des connaissances, encore, pour apporter du lait, du beurre, des conserves, ce qui facilitait un peu la vie quotidienne de Margot.

En 1939, mobilisation générale. La France et l'Angleterre déclaraient la guerre à l'Allemagne. Margot avait très peur. Comment protéger ses enfants ?

Elle rencontra Denise à la mairie où elle allait prendre des renseignements. Celle-ci lui raconta qu'elle partait, avec sa fille et sa nièce, la petite Arlette de sa sœur, dans le Tarn, chez des tantes à la campagne – on s'arrange toujours pour manger et se cacher au cas où –, et qu'elle reviendrait à la fin de la guerre. Elle lui apprit aussi qu'elle était veuve, son mari était mort du tétanos dans d'atroces souffrances. Margot lui fit ses condoléances lui disant combien elle était désolée.

Elle alla au patronage de l'église de son quartier se renseigner et elle y apprit qu'une association d'aide mettait les enfants à l'abri dans des familles d'accueil à la campagne à Brioude en Haute-Loire, moyennant une modeste rétribution.

Bien que le fait de se séparer de ses enfants lui brisait le cœur, Margot commença à y réfléchir.

Margot était épuisée moralement et physiquement. Sa cousine Jeanne lui fit alors la surprise, elle vint avec Thérèse qui devait garder les enfants et emmena Margot avec elle en ville.

Margot était étonnée et lui demanda où Jeanne la traînait comme ça :

— Tu vas voir à qui ressemble Félix !

— Mais je ne vois pas ?

— Hé bien il y a une salle qui passe un film dans lequel l'acteur principal s'appelle Jean Gabin et là, tu vas avoir une surprise.

— Un film ! A dire vrai, je n'en ai jamais vu.

— Hé bien il est temps et cela te fera du bien. Tu as une tête à faire peur tellement tu es fatiguée. Cette sortie te détendra.

— Tu as raison, merci.

Lorsqu'elle fut devant l'écran, Margot resta bouche bée. En effet, à quelques détails près, cet acteur ressemblait vraiment d'une façon frappante à Félix. Elle passa un agréable après-midi et en fut reconnaissante à sa cousine.

Le soir, elle en parla à Félix. Il trouva amusant le fait qu'il ressemblait à un artiste de cinéma, mais lui dit aussi qu'il n'était pas content qu'elle sorte seule sans lui. Il l'aurait sûrement emmenée lui-même mais Margot le rassura.

— Je t'en prie, ne t'inquiète pas, c'était juste un moment de détente. Je suis tout le temps seule avec les enfants à la maison, mais je ne t'en veux pas, tu travailles beaucoup pour nous, je le sais et je t'aime tellement. Tu n'en doutes pas, dis-moi ?

— Bien sûr que non, moi aussi je t'aime, je te demande pardon. C'est que je ne voudrais pas qu'un imbécile t'ennuie en chemin.

Il embrassa Margot, et là une fois de plus, il renforça son emprise sur elle. Si seulement tous les mots qu'il disait avaient été sincères… Hélas, ce n'était pas le cas, mais pour elle, les mots qui sortaient de sa bouche ne pouvaient être que vrais.

En 1940, alors qu'elle apprit simultanément qu'elle était enceinte et que son pays d'origine, l'Italie, déclarait la guerre à la France, elle en parla à Félix et décida d'envoyer les enfants à la campagne.

Margot pleura beaucoup de les voir partir mais il le fallait. Sur ces entrefaites, sa mère l'appela car son père avait eu une attaque. Le médecin ne cachait pas que le foie était touché aussi et que ses heures étaient comptées. Margot se précipita chez ses parents et resta plusieurs jours au chevet de son père. Hélas, il resta inconscient jusqu'au moment de sa mort. Margot fut très peinée de perdre son père car il avait toujours été bon pour elle.

Sa mère lui indiqua qu'elle jouissait de cette maison jusqu'à sa mort et que Margot hériterait de tout après son décès. Margot lui répondit qu'elle s'en moquait tout simplement et demanda à sa mère si elle voulait venir vivre chez elle. Cette dernière refusa, pensant à cet instant qu'il y en avait un qui, lui, ne s'en foutait pas de l'héritage. Elle ruminait de sombres pensées et, au fur et à mesure du temps, elle en voulait encore plus à Margot qu'à Félix de l'échec de la vie sociale de sa fille qu'elle avait mis tant d'années à ériger.

Alors que la guerre continuait, Margot apprit que Toulon avait été pris par les Allemands. Ils entrèrent dans sa ville après avoir détruit tout un bâtiment dans le quartier du Panier de Marseille. Ils faisaient maintenant la chasse aux juifs.

Margot savait qu'elle ne risquait rien, mais avait de la peine de savoir tous ces pauvres gens en danger.

Un soir, elle vit arriver son beau-frère, Paul, lequel était dans tous ses états. Sa femme Louise avait été embarquée par la Gestapo qui avait élu domicile à la rue Paradis, lors d'une rafle dans laquelle elle avait été embarquée de force.

Paul était allé à la Gestapo prendre des renseignements mais n'avait rien pu obtenir. Les personnes arrêtées étaient dans un train partant pour l'Allemagne dans un camp de travail, et on lui avait fait comprendre de ne pas insister.

Margot avait beaucoup de peine pour lui et essaya de le réconforter, lui disant qu'elle reviendrait sûrement très vite lorsqu'ils verront qu'ils ont fait une erreur, mais au fond d'elle-même, elle ne savait pas quoi penser de toute cette barbarie.

Margot, qui venait d'accoucher d'un troisième garçon, Paul, en cette année 1941, attendait le retour de Félix qui était parti avec sa cousine Jeanne pour voir les enfants à Brioude, en Haute-Loire.

Lorsqu'ils arrivèrent, elle eut la surprise de voir ses deux petits. Jeanne lui expliqua que, lorsqu'elle et Félix avaient vu qu'Émile avait plein de poux sur le corps, ils avaient décidé de rentrer avec les enfants.

Margot leur fit prendre un bain à tous les deux. Félix s'était arrêté en route prendre les médicaments nécessaires pour les soigner. Heureusement, ses enfants étaient sauvés.

Les mois passèrent. Margot allait voir sa mère quand elle le pouvait. C'était difficile car sa voisine Marthe avait dû partir pour un logement moins cher et Margot se retrouvait privée de cette aide. Elle remarquait que sa mère s'assombrissait de jour en jour. Elle ne mangeait presque plus, elle était froide avec Margot et de plus en plus méchante.

Un jour, la garde-malade qui soignait sa mère vint l'avertir qu'elle était au plus mal et que le docteur ne gardait aucun espoir. Margot se débrouilla de faire parvenir un message à sa cousine Jeanne qui vint garder les enfants.

Lorsqu'elle arriva, elle vit les ravages de la maladie. Sa mère n'était plus que l'ombre d'elle-même, Margot la veilla des heures sans qu'elles échangent un seul mot. Tout à coup, sa mère sortit de sa torpeur, elle regarda Margot et lui dit :

— Tu as détruit tous mes rêves, les rêves que je faisais pour toi, pour épouser ce maudit Félix.

— Non, maman je t'en prie, arrête, ne te fatigue pas.

— Laisse-moi parler, je vais mourir.

— Veux-tu un prêtre maman ?

— Je n'ai que faire d'un curé chez moi, ils ne savent que débiter des mensonges, et Dieu n'existe pas.

— Oh non, maman, ne blasphème pas.

— Écoute ceci, toi qui a tout détruit. Je te maudis, toi et toute la descendance des Gigoletti.

Margot fit un moment un signe de croix.

— Non ! Maman ! Non, pas ça !

Mais elle avait déjà tourné la tête et rendait dans un râle son dernier soupir.

Margot fut excessivement ébranlée de cet anathème jeté par sa mère sur son lit de mort. L'air dans la chambre devenait irrespirable. N'avait-elle pas déjà eu assez de malheur avec la perte de ses deux pauvres petits ? Maintenant cette malédiction de sa propre mère… Mais quand tous ces malheurs allaient-ils s'arrêter ?

Elle se rappela alors les paroles de son vieux curé. Oui, se dit-elle, Dieu ne mettra pas plus de poids que mes épaules ne pourront porter. Elle s'apaisa et pria sur ce lit de mort au-dessus duquel planait la malédiction de madame Vincenti.

Margot se débrouillait tant bien que mal et les enfants mangeaient malgré les privations et l'angoisse de cette guerre maudite.

Enfin, l'année 1944 annonça la libération de Marseille et la naissance d'un quatrième garçon pour Margot, qu'elle appela Camille, mais l'accouchement se passa assez mal. Toutes ses grossesses successives avaient beaucoup fatigué Margot. Le médecin ne lui cacha pas que ses organes étaient en mauvais état qu'elle devait se reposer.

Comment se reposer avec quatre enfants ? C'était plutôt difficile. Mais pour l'heure, tout le quartier était en fête pour célébrer la fin de l'occupation allemande.

L'année suivante, quelques mois après la Libération, sa belle-sœur, Louise, revint à Marseille avec un convoi sanitaire.

Margot eut l'occasion de la revoir et subit un choc. Elle n'était partie que trois ans mais on avait l'impression qu'elle avait pris dix ans.

Paul lui raconta son aventure. Elle avait eu du mal à parler au début, mais au fur et à mesure, elle était arrivé à raconter.

Louise revenait de l'enfer, il n'y avait pas à en douter. D'ailleurs, petit à petit, les journaux en parlaient, le gouvernement aussi : merci au général de Gaulle et à tous ces hommes et femmes qui ont libéré la France grâce à leur courage et leur obstination.

Louise avait subi des expériences. Les Allemands l'avait rendue stérile et elle avait la tuberculose. Elle avait côtoyé la souffrance, la mort, les humiliations tous les jours et elle dit à Margot que Dieu l'avait punie d'avoir attendu si longtemps pour faire un enfant avec Paul.

Margot lui répondit que Dieu ne l'avait pas punie mais que c'était bien l'œuvre du diable.

Elle pria longuement pour Louise. Elle était vraiment triste pour elle, une femme qui n'arrivait même plus à sourire, mais comment oublier autant d'horreur, ce n'était pas possible.

La vie reprit à peu près son cours normal. Margot liquida l'héritage de ses parents avec le notaire. Elle trouva des gens encore fortunés qui rachetèrent la maison de sa mère, la propriété où elle vivait lui revenait de plein droit et elle continuerait à y vivre.

Cet argent était le bienvenu pour rhabiller les enfants qui allaient prendre le chemin de l'école, à part les deux plus jeunes.

Félix, depuis quelques temps, se passionnait pour la chasse et regardait sans cesse un catalogue de fusils pour son anniversaire. Félix fit semblant d'être surpris et remercia chaleureusement Margot, mais mine de rien, grappillant petit à petit, il se fit acheter aussi une voiture, une des premières sorties des usines Citroën. Il disait que cela serait bien pour aller promener les enfants.

En fait, les enfants et Margot ne verront pas souvent la couleur de la voiture.

Félix trouva une place de chauffeur dans une grande boîte de Marseille chez Truchetet et par ruse, il finit par devenir le chauffeur personnel de la patronne.

Il côtoyait ainsi du grand monde, rendait des services à des hommes haut placés et par ce biais, il pouvait acquérir de nombreuses relations qui lui seraient utiles.

Et par là même, il se voyait confier des voyages de longue distance, sur Paris notamment, ville dans laquelle il ne se privait pas pour jouir de tous les agréments et tous les cabarets et autres. Les femmes continuaient à jalonner sa vie mais Margot ne voyait toujours rien.

Il s'occupait toujours de sa fille, France, plus encore que ses enfants à la maison. Il joua la partie serrée lorsque la mère de France fut courtisée par un capitaine au long cours qui voulait l'épouser. Il manœuvra si bien que la jeune femme refusa le mariage et resta à sa merci.

Pour que sa femme se sente toujours en confiance avec lui, il l'emmena avec les enfants faire un pique-nique en bord de mer et profiter de la plage. Tous étaient contents et Margot regardait Félix les yeux plein d'amour comme s'il était la huitième merveille du monde.

Pour Margot, les années passaient, mais une nouvelle épreuve l'attendait. Son fils Paul eut la rougeole suivie des oreillons, et il eut rapidement des convulsions. Ce fut un combat contre la mort à nouveau. Les médecins gagnèrent mais Paul devrait garder des séquelles. Il allait faire des crises d'épilepsie qui devraient affaiblir son cœur. Le médecin expliqua que les prochains mois, elles se répéteraient et qu'au fur et à mesure du temps et des années, elles s'espaceraient, mais qu'il risquerait la crise cardiaque à tout moment. Félix n'était pas content et n'aimait pas la maladie de Paul. Il ne pouvait pas le supporter, Margot faisait souvent le tampon entre le père et son fils.

Lorsque tous les enfants furent scolarisés, avec Félix qui était de moins en moins à la maison, et l'argent qui manquait, Margot décida qu'elle devait travailler. Elle ne trouva rien à sa portée, juste une place sur les quais où elle devait emballer des colis, les scotcher et les mettre sur palettes. C'était dur mais il fallait qu'elle y arrive. Elle ne pouvait faire que ça parce qu'au long des années, elle avait perdu de sa superbe voix, alors autant ne plus y penser. Elle qui était toujours coiffée à la mode étant jeune fille, dut trouver une coiffure fonctionnelle qui ne la gênerait pas. Elle opta pour le chignon et garda cette coiffure jusqu'à ses derniers jours.

Elle était débrouillarde, elle avait vite compris qu'elle pouvait avoir plus. Quand des cartons s'éventrait complètement, les chefs les autorisaient à prendre la marchandise qui était à terre, alors elle confectionna un jupon qu'elle mettait sous sa robe et qui avait des poches cousues, dans lesquelles elle mettait des boîtes de conserve, du café et parfois même les boîtes qui n'avaient pas été autorisées à prendre. Comme on ne fouillait que leur sac à la sortie, elle n'était pas inquiète.

Comment avait-elle pu en arriver là ? En apprenant la vie, elle faisait comme les autres femmes, mais plus intelligemment. Personne ne la voyait, même pas les femmes qu'elle côtoyait et qui se faisaient attraper quelquefois, mais les enfants avaient faim, ils avaient besoin de vêtements corrects et Margot était prête à tous les sacrifices.

Il lui arrivait même, le dimanche après-midi, de laisser les enfants à sa cousine et d'aller vendre, sur le Vieux Port, des petits sac de nougats caramélisés qu'elle fabriquait elle-même sur une plaque de marbre avec le sucre et les cacahuètes qu'elle avait pris sur les quais. En fin de semaine, elle était complètement épuisée mais l'argent rentrait et les enfants ne manquaient de rien. Malheureusement, ils ne voyaient pas beaucoup leur mère, les plus grands prenaient les plus petits à l'école, ils rentraient seuls à la maison et attendaient leur mère.

Nono était doué à l'école. Le problème était la discipline, les punitions tombaient mais rien ne l'arrêtait. Émile, lui, était intelligent et avait une mémoire exceptionnelle. Paul ne pouvait pas suivre et passait la journée à l'hôpital pour enfant. Le dernier, Camille, était à la petite école.

Le soir, quand tout le monde dormait, Margot lavait le linge, repassait, se couchait tard et se levait tôt. Jusqu'à quand allait-elle tenir ?

Félix, lui, ne voyait rien bien sûr. D'ailleurs, pour le peu qu'il était à la maison, autant dire qu'il valait mieux ne pas avoir besoin de lui, ni de sa paie. Il disait qu'il ne pouvait pas tout lui donner car il devait être bien habillé pour son métier.

Margot croyait tout ce qu'il disait, bien entendu.

Les années passèrent et les plus grands étaient devenus des adolescents. Margot était inquiète car ils ne l'écoutaient plus, surtout l'aîné, Nono, qui faisait bêtise sur bêtise, et même les raclées que lui mettait Félix lorsqu'il rentrait ne suffisaient plus.

Margot se fâchait, seul Mimi (son fils Émile) était gentil avec elle. Elle commençait même à avoir peur de Nono, et peur pour les plus jeunes.

Un jour, il se fit arrêter par la police. Il avait volé un camion de biscuits et les avait distribués dans tout le quartier. Il s'en sortit à bon compte grâce aux relations de Félix et du fait qu'il était mineur et très jeune.

Félix lui passa un savon et lui mit une belle raclée. Margot eut peur qu'il aille trop fort et lui criait d'arrêter. Mais lorsque Félix arrêta, tout autre enfant aurait pleuré, Nono, lui, riait et narguait son père. Margot en fut vivement impressionnée, elle avait l'impression d'avoir le mal face à elle.

Elle essaya par la douceur mais rien n'y faisait. Il recommença, il déclencha des bagarres, entraînant Mimi avec lui.

Comment cela allait-il finir ? Margot avait peur de l'avenir. Que lui réservait-il ?

CHAPITRE 4
UNE VIE DE SOUFFRANCES

Les années s'écoulèrent pour Margot. Des années d'inquiétude où elle vit son fils Nono évoluer dans le mauvais sens. Mais ce qui changeait surtout, c'était sa vie intime avec Félix. Il était de moins en moins à la maison, lorsqu'il rentrait le soir, il allait directement se coucher. Mis à part un léger baiser qu'il lui donnait en rentrant, ils ne partageaient plus aucune intimité. Margot se disait qu'il devait être bien fatigué à cause du travail et ne demandait rien à son époux sur son comportement.

Les années cinquante arrivaient avec un changement radical de mode de vie avec une nouvelle musique, une nouvelle façon de s'habiller aussi. Les enfants grandissaient et Nono était de plus en plus infernal. Mais rien n'y faisait, ni les remontrances timorées de sa mère, ni les corrections de son père.

Félix montrait un nouveau visage à Margot. Il était dur, il tapait même les chiens lorsqu'il était mécontent. Elle intervenait mais devait avouer qu'elle commençait à le craindre, bien qu'elle ne se laissât pas faire.

Son petit Paul devait avoir quatorze ans lorsqu'un jour, il voulut faire comme les autres et monta sur une moto alors que cela lui était interdit.

Il eut une crise en route, tomba en arrière et fut traîné sur plusieurs mètres, le bitume lui arrachant quelques petites parties de la peau du dos.

Félix, qui rentrait sur ces entrefaites, le mit à califourchon sur une chaise et lui nettoya le dos avec de l'alcool pur, passant les gazes sur le dos sans ménagement. Margot pleurait, lui disant d'aller plus doucement et que ce n'était pas de sa faute.

Félix répondait : « Comme ça, la prochaine fois, il obéira ».

Paul serrait les dents et aucun son, aucune plainte ne sortit de sa bouche, bien qu'il fut évident qu'il souffrait, il tenait tête.

Cet épisode resta gravé dans la mémoire de Margot, soulignant ainsi que Félix pouvait être cruel. Durant ces années d'adolescence des enfants, Margot faisait de son mieux pour les élever dans le droit chemin, mais elle n'était pas souvent à la maison à cause du travail.

Lorsqu'elle rentrait le soir, il fallait surveiller les devoirs, préparer le dîner, laver leurs vêtements. Margot se mettait au lit, épuisée, sans même parfois que Félix soit rentré. Il travaillait, disait-il, partait loin avec le camion ou la voiture de la patronne et restait sur place. Elle croyait ce qu'il disait, lui trouvant des excuses. Mais celui qui l'inquiétait le plus était Nono.

Plus d'une fois elle se demandait où il était. Lorsqu'elle l'interrogeait, il mentait ou bien répondait qu'elle le laisse tranquille. Nono n'avait pas fait l'armée, il était trop instable. Félix, craignant un mauvais comportement de sa part, avait réussi à le faire exempter. Mimi, lui, était devenu un beau jeune homme très gentil. C'était celui avec qui elle avait le plus d'affinités. Elle jouait au piano pour lui et il chantait.

Il avait une belle voix et chantait juste d'instinct. Dans ces moments-là, Margot oubliait un peu sa vie douloureuse et se replongeait dans le passé, lorsque elle-même chantait. Mais c'était fini, Margot avait dû vendre son piano pour pallier des problèmes d'argent. Mimi était l'enfant avec lequel elle se sentait bien, Nono était celui qui l'inquiétait le plus et qui la faisait souffrir, Paul était celui qu'elle protégeait de toutes ses forces, et le plus jeune, Camille, elle essayait de le chouchouter en espérant qu'il ne prenne pas exemple sur l'aîné.

Les difficultés financières diminuaient grâce à son travail, mais c'était pour Margot un défit de tous les jours. Arriva alors un événement imprévu : elle hérita, d'une tante, d'un appartement sur le Vieux Port avec ses deux cousines. Félix la persuada de prendre sa part. Les cousines, qui n'étaient pas d'accord, essayèrent de la faire changer d'avis mais rien n'y fit. Félix avait trop d'emprise sur elle et finalement, l'appartement fut vendu. L'argent récupéré fila bien sûr aussi vite que l'éclair. Toujours des excuses qui n'existaient pas et Margot, naïve, croyait tout ce que son mari disait.

Ses cousines avaient été plus fines et avaient acheté chacune une maison à la campagne, Jeanne à Valensole et Thérèse dans les Alpes. Ses cousines avaient eu une vive discussion avec Margot, lui reprochant de dilapider l'héritage de ses ancêtres pour un homme. Margot répliquait que c'était pour payer, qu'ils n'y arrivaient pas avec les enfants à nourrir, ses cousines se taisaient car elles savaient où passait l'argent.

A cette occasion, elle profita pour une fois de se donner un peu de confort en achetant une machine à laver et un réfrigérateur. Cela lui facilitait la vie plus qu'elle ne l'aurait jamais imaginé.

Un jour, Margot vit une femme arriver chez elle qui demanda à lui parler. Margot la reçut et lui demanda ce qu'elle voulait.

Elle s'exprima dans ces termes :

— Madame, votre fils Nono a mis ma fille Marie-Jeanne enceinte. Je suis ici pour savoir ce que compte faire votre fils.

— Madame, faudrait-il encore le prouver !

— Vous pouvez enquêter si vous le voulez, interrogez les gens de mon quartier du ruisseau Mirabeau, et vous verrez ! Et surtout interrogez votre fils, je ne vous mens pas.

— Bien, j'en parlerai à mon mari ce soir et nous aviserons. Je vous informerai de la suite des événements.

— Merci madame, à plus tard.

Margot était effondrée. Elle ne doutait pas un seul instant que cette femme eut dit la vérité.

Lorsque Nono entra enfin ce jour-là, le soir tard, sa mère l'interpella :

— Nono, mon petit, viens me voir dans la cuisine, j'ai à te parler.

— Qu'est-ce qui t'arrive petite mère ? répondit-il en s'asseyant.

— Une femme est venue me voir aujourd'hui. Tu as fait des bêtises encore ? Elle m'a dit que sa fille est enceinte.

— C'est possible, si tu crois que je m'inquiète de toutes les filles avec qui je sors !

— Comment peux-tu parler ainsi ? Il s'agit d'une brave fille Marie-Jeanne.

— Ah ! Celle-là, une vrai nigaude. Elle était vierge quand je l'ai sautée.

A ces mots, Margot ne put s'empêcher de lui mettre une bonne claque dans la figure.

Il se mit debout, le regard mauvais. Margot resta debout devant lui et le défia du regard. Il n'allait pas frapper sa mère, tout de même.

Sur ces entrefaites, Félix arriva. Il évalua la situation d'un coup d'œil et demanda :

— Que se passe-t-il ici ?

— Rien, maman qui fait une crise à cause d'une fille que j'ai mis enceinte !

— Ce n'est pas rien. Sa mère est venue ici, il faut régulariser la situation.

— Ta mère a raison. Tu as créé assez d'ennuis, les gens parlent sur nous.

Nono se mit à rire et regarda son père en disant :

— Et c'est toi qui dit ça ?

Il narguait son père car il en savait long sur lui et ses femmes.

Félix le prit par le cou. Margot retenait son souffle :

— Tu as intérêt à faire gaffe à ce que tu dis, par respect pour ta mère et moi, même si tu sais pas ce que veux dire ce mot, crois-moi je te l'apprendrais et je peux te casser en un rien de temps, méfie-toi !

Nono baissa les yeux. Il avait peur de son père et savait que s'il était là aujourd'hui, c'était grâce aux relations de celui-ci, sans quoi il croupirait en prison. Il détestait les flics (façon de parler de la police à Marseille) et comme cela lui arrivait souvent, il eut un changement radical de comportement en quelques secondes, mais en fait rien ne pouvait l'atteindre, si ce n'est qu'il n'avait pas envie de rentrer en conflit avec son père.

— C'est bon, c'est bon, je vais l'épouser votre Marie-Jeanne.

— Et tu devras Nono, mon petit, trouver un travail pour nourrir ta nouvelle petite famille, et être gentil avec cette fille, promets-le moi.

Il s'approcha de sa mère et l'embrassa sur le front.

— Promis maman, et si j'ai un garçon, on l'appellera Félix.

— Je suis contente que tu comprennes ce qu'il faut faire. Tu vois quand tu veux.

— Mais oui, mais oui, maman, on fera comme tu veux. Je vais me coucher.

Margot le regarda sortir de la pièce et se retourna vers Félix :

— Je crois que notre fils, n'a pas fini de nous créer des ennuis.

— Il a intérêt de se calmer car les voisins jasent sur lui, tu peux me croire. Espérons que ce mariage le calmera.

— Oui.

Margot eut du mal à dormir cette nuit-là.

Elle alla voir cette famille, qui vivait dans une modeste maison avec un petit jardin, au fond duquel il y avait un atelier où travaillait le beau père de Marie-Jeanne, car la mère de celle-ci était remariée.

Elle entra et vit, à côté de la femme qui était venue la voir, une toute jeune fille, les yeux baissés, les mains dans le dos, brune avec une peau blanche et satinée comme du lait. Elle releva la tête et vit alors ses yeux noirs. Ce fut rapide mais suffisant pour que Margot, bien qu'elle ne sût pas pourquoi, n'aimât pas ce regard.

La mère s'appelait Filomène, elles étaient d'origine arménienne, et le beau-père, Boris, était d'origine russe.

Marie-Jeanne restait silencieuse, elle semblait effacée et timide. Margot se demanda à quoi avait bien pu penser Nono lorsqu'il l'avait séduite et commença à parler :

— Mon fils a avoué sa faute. Je viens donc vous demander la main de votre fille pour mon fils, nous les marierons le plus rapidement possible.

— Comment comptez-vous les installer ? Nous n'avons pas d'argent.

— Sur ma propriété, j'ai trois maisons, une grande dans laquelle je vis, puis un trois-pièces attenant à cette maison et sur le devant du jardin, il y a un autre petit trois pièces. C'est là qu'ils seront installés. Heureusement, j'avais déjà commencé un trousseau pour mon fils, cela va lui servir maintenant.

— Bon, quant à nous, elle pourra prendre le grand lit dans lequel elle dort et une armoire dont je me sers pas. C'est tout ce que je peux lui donner. Elle a un peu travaillé avant de commencer à vraiment se sentir mal à cause de la grossesse, elle pourra s'acheter une robe pour le jour du mariage.

Marie-Jeanne rougissait et ne parlait toujours pas.

Margot se tourna vers elle et lui dit :

— Que pensez-vous de ces arrangements, mademoiselle ?

— J'obéirai à mes parents et à vous-même, madame.

— C'est bien mais bientôt tu seras maîtresse dans ta propre maison. Sais-tu tenir une maison ma fille ?

— Oui, ma mère me fait faire le ménage, le repassage, mais je ne suis pas une bonne cuisinière.

— Cela viendra au fur et à mesure. Lorsque je préparerai un plat tu viendras me voir. Bon, je vais vous quitter, nous ferons une petite cérémonie suivie d'une collation dans notre jardin. Avez-vous de la famille à inviter, madame ?

— Non, nous sommes seules ici, sans famille.

— Très bien. Marie-Jeanne, tu choisiras un témoin pour ton mariage, tu verras ça avec Nono.

— Merci madame, je pense que je prendrai mon frère.

— Ne me remercie pas mon enfant, c'est naturel. A bientôt.

Margot prit congé et se reprocha d'avoir eu cette désagréable sensation. Cette jeune fille était une pauvre jeune fille égarée et bien élevée. Lorsqu'elle sortit, elle faillit heurter un dame qui arrivait sur le trottoir.

— Oh ! Pardon, madame !

— Ce n'est rien, j'étais un peu dans les nuages. Vous venez de chez Filo ? demanda la dame en montrant la maison d'où venait Margot.

— Mais oui, mon fils va épouser sa fille.

— Et bien tant mieux, la pauvre petite n'en pouvait plus de repousser sans cesse les avances de son beau-père. Vous la sauvez madame.

— Que me racontez-vous là ? Vous devez faire erreur.

— Oh non ! Croyez-moi, tout le quartier le sait, à part la mère qui elle, soi-disant, ne voit rien.

— Mon Dieu, c'est effrayant !

— Jusqu'ici, la petite a réussi à le tenir à distance. C'est qu'elle sait se défendre mine de rien ! Enfin, c'est fini maintenant qu'elle va être mariée, il ne pourra plus l'ennuyer.

— C'est sûr, mon fils y mettrait bon ordre. Au revoir madame.

— Au revoir !

Margot était abasourdie. Ainsi non seulement elle réparait la faute de son fils, mais en plus elle sauvait cette jeune fille. Il fallait qu'elle hâte ce mariage.

Margot, grâce aux économies qu'elle faisait sur son salaire et grâce à un moyen que lui avait appris une collègue de travail, qui consistait à acheter du linge et de la vaisselle dans un grand magasin de Marseille avec des bons, et à payer au commercial qui venait encaisser une petite somme toutes les semaines, avait pu monter les trousseaux de ses fils sans se démunir, en réglant petit à petit.

Ce qu'elle ne savait pas, c'est que Félix, le sachant, avait pris à part le commercial et avait monté le même trousseau pour sa fille France.

Enfin, Margot se débrouilla pour mettre les meubles qui manquaient et une cuisinière. Elle fit venir Marie-Jeanne pour nettoyer la maison et tout mettre en place. Elle la trouva un peu molle mais mit cela sur le compte de son état.

Le jour du mariage arriva et tout se déroula calmement. Les nouveaux jeunes mariés intégrèrent leur maison le soir même.

Mais les soucis n'allaient pas tarder à refaire surface, Nono ne travaillait pas, il trafiquait on ne savait quoi avec une bande de jeunes peu recommandables. Tantôt il donnait de l'argent à Marie-Jeanne, tantôt il ne lui donnait rien.

Margot avait essayé de montrer quelques façons de cuisiner à Marie-Jeanne, mais rien à faire. Celle-ci disait qu'elle ne pouvait pas se lever tôt, or, Margot devait se lever tôt car elle travaillait encore.

La layette du futur bébé n'était pas prête, elle ne savait pas tricoter, elle apprenait soi-disant, mais Margot ne voyait rien venir.

Heureusement, elle avait gardé un peu de layette de ses petits. Elle en racheta quelques-uns de plus et ainsi, un petit trousseau fut monté pour le futur bébé. Elle ne voulait pas que son premier petit-enfant vienne au monde sans rien. Elle était heureuse de devenir grand-mère.

Margot dit à Marie-Jeanne de relaver les petits habits qui étaient restés dans une malle. Marie-Jeanne mit deux jours pour y arriver. Margot commençait à ne plus supporter cette lenteur qu'affichait sa belle-fille. Elle qui avait toujours était si active ne comprenait pas cette attitude.

Elle lui disait souvent : « Mais ma fille, un peu de nerfs, voyons ! »

Sa belle-fille ne répondait pas et continuait aussi lentement qu'avant l'intervention de la belle-mère.

Les mois passèrent et le jour de la naissance du bébé arriva enfin. Margot accompagna sa belle-fille et fit prévenir, par le biais de Mimi, la mère de celle-ci. Marie-Jeanne mit au monde un beau garçon, qui devait s'appeler Félix.

Margot était très émue, Félix aussi était content de voir ce petit. Filomène ne montra pas plus de joie, elle avait l'air indifférente à ce qu'il se passait et elle repartit chez elle sans aucune proposition d'aide à sa fille. Malgré tous les défauts que lui trouvait Margot, elle eut de la peine pour sa belle-fille. Pendant ce temps, son fils Mimi était à l'armée, il était un peu casse-cou mais beaucoup moins que son frère. Tout se passait bien ou à peu près. Mimi fut le parrain du petit Félix.

L'année d'après, Nono et Marie-Jeanne eurent une petite fille qu'ils nommèrent Patricia. Après la naissance de la petite, Nono se retrouva en prison, encore pour un vol de camion. Il prit deux ans.

Margot devait nourrir sa belle-fille et les deux petits. C'était très dur mais elle y serait arrivée si au moins sa belle-fille l'avait un peu aidée, mais non rien. Elle disait qu'elle ne pouvait pas faire le ménage, s'occuper des petits et en plus surveiller Paul qui était à la maison. Quelquefois il était à l'hôpital, cela dépendait des moments.

Lorsque Mimi eut fini l'armée, il commença à travailler comme docker sur les quais du port de Marseille. C'était bien payé, Margot avait réussi à le faire entrer.

La boîte où Félix avait travaillé tant d'années fermait. Félix décida alors de se mettre à son propre compte en travaillant avec les ciments Lafarge. Il devait s'acheter un camion et pour cela, avec sa prime de départ, il donna une bonne avance, mais il devait faire de nombreuses journées pour couvrir les frais, les obligations sociales et payer les traites du camion.

En 1958, Mimi annonça à sa mère qu'il fréquentait quelqu'un et Margot eut la surprise de savoir que c'était la fille de Denise, la couturière avec qui elle avait tissé des liens d'amitié.

Lucette était une jeune fille magnifique avec de beaux yeux bleus, un visage qui pouvait faire pâlir les photos de gravures de mode de l'époque, et une brave fille avec cela. Elle travaillait dans une chocolaterie.

Mimi l'invita quelquefois à passer une journée à Valensole, dans la maison de la cousine de Margot, Jeanne, qui aimait beaucoup Mimi. Ils se promenaient seuls dans les champs de lavande, ils étaient vraiment amoureux.

En fin d'année, il se produisit un événement qui allait bouleverser Margot. Lucette était enceinte. Elle gronda Mimi qui lui répondit qu'il n'avait pas pu résister à sa beauté. Il l'avait séduite et elle avait cédé car Lucette aimait Mimi, elle en était follement amoureuse, et Mimi aimait Lucette.

Margot invita Denise et son mari, car Denise s'était remariée avec un Espagnol, quelques années après la mort du père de Lucette, et avait eu une deuxième fille Michelle.

Ils décidèrent donc de marier les jeunes gens en janvier 1959. Il fallait faire vite car l'accouchement était prévu pour avril.

Lorsque Lucette revint pour nettoyer la petite maison à côté de celle de Margot pour s'y installer, Margot vit la différence avec Marie-Jeanne. Au moment où elle partait, Margot était en train de la raccompagner, elles s'arrêtèrent dire bonjour aux enfants qui jouaient dehors. Marie-Jeanne sortit.

— Tiens, tu tombes bien. Comme tu le vois, Lucette, Marie-Jeanne va avoir un troisième enfant.

— Oui, mais moi je m'appelle madame Gigoletti.

Lucette rougit sous l'allusion et Margot riposta :

— Oui, mais tu ne l'as pas toujours été. Aurais-tu oublié de quelle façon tu es rentrée dans cette maison ?

Elle baissa la tête, mais c'était vraiment un coup bas et c'était méchant, une nouvelle facette de la personnalité de Marie-Jeanne.

La cérémonie de mariage fut simple mais émouvante. Ils étaient beaux tous les deux, vraiment un beau couple. Margot et Denise étaient contentes de les voir tous les deux. Après un moment de colère, Denise avait passé l'éponge et espérait que sa fille serait heureuse.

Il arriva une seule fois où Lucette et Mimi sortirent au cinéma avec Nono et Marie-Jeanne. Nono déclencha une bagarre avec un mec qui, soi-disant, avait bousculé sa femme enceinte. Il cassa toute la terrasse d'un bar, des hommes qui étaient là se mirent au milieu et Mimi se sentit obligé d'intervenir. Une belle soirée en vérité. Le lendemain, Lucette alla voir Nono et lui dit :

— Regarde-moi bien, parce que c'est la dernière fois que je sors en ta compagnie.

Il ne trouva rien à dire, sauf de rire d'un air cynique.

Lucette accoucha en mars 1959 et donna le jour à une petite fille, Manon. Lucette l'appela ainsi car la marraine de la petite, sa cousine, adorait ce prénom. C'était la fille de Georgette, la sœur de Denise.

Lucette était contente, même si elle aurait préféré que sa fille ne naisse pas en mars, le mois des fous comme on disait. C'était le mois de naissance de Mimi, et pourtant, Mimi était beaucoup moins fou que Nono, et il était si heureux de voir cette petite fille qu'il tenait dans ses bras. Les cousines de Margot venaient voir la petite, et le mari de Thérèse, qu'on appelait « sourire », se pencha sur le berceau et dit :

— Hum ! Elle sent la lavande cette petite.

Lucette rougit à l'allusion car effectivement, la petite avait bien été conçue dans un champ de lavande.

Malheureusement, les nouveaux mariés allaient être séparés car Nono entraîna son frère à voler une voiture pour un casse, Mimi prit six mois de prison. Lucette était anéantie, Margot aussi. Son fils Mimi, non pas lui, il était si bon pour elle. Il promit à sa femme et sa mère de ne plus suivre Nono dans ses bêtises qui coûtaient cher, car en prison, tout lui manquait, sa femme, sa fille. Il écrivait à Lucette toutes les semaines, ainsi qu'à sa mère. Mimi écrivait à son père aussi le suppliant de prendre soin « de sa Lulu » comme il disait et de son enfant.

Margot se voyait avec cette charge supplémentaire car les services sociaux ne donnaient pas grand-chose à Lucette et à Marie-Jeanne. Margot, en plus de son travail sur le quai, ramenait du café, des grains qui tombaient de sacs énormes qui s'éventraient à la descente des bateaux. Elle les torréfiait puis les revendait. Lucette, qui l'admirait, lui disait que tout ce qu'elle touchait se transformait en or.

Courageuse, Lucette travaillait au conditionnement de fruits et légumes pendant que sa mère gardait la petite. Denise aidait comme elle pouvait sa fille, cela enlevait un poids à Margot. Quant à la mère de Marie-Jeanne, elle ne proposait aucune aide.

Nono était en prison lui aussi. Il allait ressortir, bien sûr, mais pour apporter quoi ? Un fils né au mois de mai, Daniel, ce qui portait à trois le nombre de ses enfants.

De plus, Nono ne trouva rien de mieux que d'entraîner dans les casses qu'il faisait, le plus jeune Camille. Un jour, il cacha des armes dans tout le jardin et lorsque Félix s'en aperçut, il l'attrapa et lui dit de faire disparaître tout ça et au plus vite, car il ne comptait pas aller en prison pour toutes les bêtises qu'il pouvait faire. Nono obtempéra mais vraiment rien ne l'arrêtait dans sa folie.

Il se passa alors, pendant le baptême commun de Manon et de Daniel, un événement dramatique qui bouleversa toute la famille. Nono avait eu des mots avec des immigrés algériens qu'ils ne pouvait pas souffrir. Il avait d'ailleurs provoqué une bagarre, au cours de laquelle Mimi en avait fait les frais.

Ces immigrés étaient tous parqués en haut du quartier de la Calade au Cap Janet, et ils descendirent vers le logis où ils vivaient tous pour se venger. Les insultes fusaient et tout naturellement ils en vinrent aux mains. Ce fut horrible. Margot entraîna ses belles-filles et les enfants, tira de force Paul qui voulait se battre, et ils se barricadèrent dans la maison.

Mais Félix et ses fils durent se défendre. Heureusement, un voisin avait appelé la police. Les Algériens détalèrent comme des lapins. Ils étaient blessés, Félix avait reçu un coup de hache derrière l'oreille, mais il s'en remit rapidement.

Cet enfer qu'avait vécu Margot ce jour-là, c'était le quotidien de Nono.

Elle avait vraiment été effrayée et avait également vu la folie dans les yeux de son fils lorsqu'il s'était rué sur l'Algérien. Elle avait eu peur du pire, qu'il tue un homme ou qu'un des fils ou Félix se fassent tuer.

Félix avait montré la puissance de sa force physique ce jour-là. Cette force, qui faisait peur à Margot, n'était pas toujours mauvaise car un jour, elle sauva la vie de Mimi qui avait eu un coup de sang.

Il devenait comme fou tellement il avait mal à la tête, il voulait tout casser. Félix l'empoigna et le plaqua assis sur le lit. Un flot de sang jaillit de son nez sous le choc.

C'est ce qui le sauva, car le sang était en train de s'accumuler dans le cerveau.

Tous ces événements mettaient à rude épreuve les nerfs de Margot et altéraient sa santé au fil des mois.

Lucette avait retrouvé son mari et avait eu une autre petite fille, Chantal, au mois de juin 1960. Mais seulement quelques semaines après sa naissance, la petite fut très malade et faillit mourir de la toxicose.

La petite fut baptisée en catastrophe. Son parrain était Camille et sa marraine Michelle, la sœur de Lucette. Et grâce à Dieu, elle fut sauvée. Margot avait eu très peur, et Mimi était allé tous les jours à l'hôpital voir la petite, rabrouant les infirmières si sa fille n'était pas propre.

Margot avait vécu des moments d'émotion intense, passant de l'espoir au désespoir selon les nouvelles rapportées de l'hôpital. Enfin, ce souci était passé et voilà que Nono était de retour. Il mit enceinte sa femme d'un quatrième enfant, alors que l'argent manquait pour nourrir tout ce monde.

Lucette tomba enceinte à son tour. Elle n'était pas contente car ses grossesses successives lui apportaient beaucoup de souci pour sa vie future. Comment allait-elle affronter l'avenir dans ces conditions ?

Marie-Jeanne eut une petite fille, Muriel, et Lucette un garçon, Gérard, qui avait une malformation du pied gauche. Mais le plus grave était la malformation de son cœur. Il s'essoufflait rapidement lorsqu'il tétait. Mimi, qui était fier d'avoir un fils, était inquiet, et en même temps si heureux de voir ce petit bonhomme.

Un jour, Lucette le vit respirer de façon inquiétante. Félix venait de rentrer. Elle alla donc voir son beau-père qui les emmena à l'hôpital en vitesse, mais rien ne put le sauver.

Le petit ange blond aux yeux bleus était mort, parti rejoindre les cieux à l'âge de huit mois. Margot souffrait et savait ce que pouvaient endurer son fils et sa belle-fille. Ce fut un terrible chagrin pour toute la famille, même Félix semblait touché.

Denise vint aider sa fille pendant quelques jours le temps qu'elle se remette. Margot, elle, devait continuer d'aller travailler. Plus que jamais, la famille avait besoin de sa paie. Bien que Mimi fût anéanti par le chagrin, il avait repris le travail sérieusement et n'écoutait plus Nono.

Félix annonça à Margot qu'il devait changer de camion. Il partit donc à Paris pour voir un camion qu'on lui avait recommandé et y resta plusieurs jours. Margot l'attendait pendant que lui ne se privait pas des cabarets, des femmes et des restaurants. Toujours des mensonges, et Margot croyait inexorablement tout ce que pouvait raconter son mari et sans condition.

Avec les frasques de Nono et les mensonges de Félix, Margot se vit bientôt obligée de mettre en vente la propriété de sa mère. Cela lui arracha le cœur mais elle n'avait pas d'autre solution. Elle essaya de discuter avec Félix pour le faire changer d'avis, mais il lui fit croire que si la vente ne se faisait pas, ils se retrouveraient à la rue. Il rusa de telle façon qu'elle céda comme d'habitude.

Ils habitèrent dans un HLM, où elle y retrouva Marthe, son ancienne voisine. Mimi trouva un appartement proche de la Calade, Marie-Jeanne et les enfants furent dans une maison délabrée, Nono ne se souciant de rien, comme d'habitude. Tant bien que mal, elle s'habitua à cette situation, s'organisant pour que la maison continue à tourner.

Entre-temps, Margot apprit le décès de la maman de Denise. Elle fut très touchée car elle aimait bien la grand-mère que tout le monde appelait mémé Titi. Cette femme forte qui avait élevé seule ses deux filles aimait beaucoup Mimi qu'elle avait veillé lorsqu'il fut opéré d'une hernie. Quelquefois, ils faisaient le bras de fer ensemble et souvent, la grand-mère gagnait Mimi qui pourtant était musclé. C'était de bons souvenirs.

Les quelques rares bons souvenirs que Margot gardait au fond d'elle-même l'aiderait à surmonter les événements tragiques qui allaient survenir dans son existence.

Mémé Titi avait elle aussi affronté le terrible caractère de Nono. Un jour, alors qu'il frappait Paul pour une peccadille, elle intervint en lui disant :

— Tu n'as pas honte de frapper ton frère, tu sais bien que c'est un malheureux innocent !

— Si vous n'êtes pas contente, vous n'avez qu'à partir, vous n'êtes pas chez vous ici, répondit Nono effrontément

— Ici, je suis chez ton père. Si ton père me met dehors, je partirai, mais ce n'est pas toi, petit imbécile, qui va me faire partir.

Elle lui tenait tête, c'était une femme qui n'avait peur de rien. Félix, qui fut mis au courant, donna une bonne leçon à Nono et alla s'excuser auprès de la grand-mère. Tous ces événements étaient créés par son fils et Margot était en souci constant.

Puis vint ce jour fatidique où Nono, entraînant sa femme, ses enfants et Camille, partit en cavale car il était recherché par toutes les polices des Bouches-du-Rhône, suspecté de vol avec son frère, et du mettre d'un Algérien avec son fameux collègue avec qui il commettait tous ces méfaits.

Il se cachait dans une campagne, les enfants avaient peur, ils n'avaient presque rien à manger. Mais la police finit par les coincer, lui, Camille, et un complice qui était avec eux. C'était le 2 septembre 1965.

Marie-Jeanne était revenue avec les enfants, les petits pleuraient et se jetaient dans les bras de Margot et de Lucette.

Il fut décidé que pour l'instant Marie-Jeanne irait vivre avec deux de ses enfants chez Mimi et les deux autres avec Margot.

Le Noël de cette année-là n'était guère joyeux mais Margot avait fait un repas tout de même. Ses six petits-enfants étaient là, autour de l'arbre, il y avait quelques cadeaux, ceux que Mimi et elle-même avaient pu faire.

L'année 1966 commençait sous de noirs auspices. Camille, en tant que complice de son frère, prit trois ans de prison et Nono cinq ans, en attendant d'être jugé pour le meurtre d'un Algérien dont il était soupçonné. L'enquête était toujours en cours.

Combien de souffrances allait-elle encore endurer? Sa mère l'avait-elle vraiment maudite? Elle ne pouvait plus en douter et sa mère avait pris Nono comme premier instrument de sa malédiction. Au cours de l'enquête de voisinage, les inspecteurs apprirent que, étant jeunes, les enfants étaient beaucoup livrés à eux-mêmes. Mais aussi que la mère travaillait courageusement et que le père n'était jamais là. C'était la mère qui faisait marcher la maison, comme on disait à l'époque.

Félix, ayant eu le rapport d'enquête, se mit en colère. Il n'avait pas apprécié ce rapport car il tenait beaucoup à ce que les gens aient une bonne opinion de lui, et là, c'était la dégringolade dans l'estime de ses voisins. Il dit à son fils Mimi, qui était passé boire un café :

— Tu te rends compte, je suis jamais là qu'ils disent ! Mais je travaille, moi !

Mimi répondit :

— Oui, jour et nuit. Pas vrai ?

Félix le regarda et ne répondit rien. Il vit son fils sortir de la maison sans un regard vers lui.

Et comme si elle n'avait pas encore assez souffert, Margot fut instruite de la trahison de Félix envers elle, par sa voisine qui lui apprit que son époux voyait une femme du côté de l'hôpital. Elle lui donna même l'adresse. Margot ne pouvait pas en parler à Félix, elle le craignait trop, mais elle décida d'aller voir cette femme.

Cette dernière lui ouvrit la porte et lui demanda ce qu'elle voulait.

Margot la toisa et commença à parler :

— Je suis la femme de Félix, et je suis venue vous dire de le laisser tranquille. Il est père de famille et même grand-père !

— Voyez vous ça, et je présume que vous le prenez pour un saint ! Sachez d'abord que je m'en fous de lui, vous pouvez le garder. Et au lieu de me faire une scène, allez plutôt voir la femme avec laquelle il a eu une fille.

— Vous racontez des mensonges !

— Des mensonges ? Non, malheureusement pour vous. Il a eu une fille avec une infirmière de l'hôpital de la Timone et il vous ment depuis plus de vingt-cinq ans.

Margot, anéantie par cette nouvelle, partit sans la regarder. Un frisson la secoua toute entière, puis elle se reprit. Non, elle n'allait pas croire cette femme, non, elle devait oublier cela. Ce n'était qu'un mensonge, c'était certain.

Margot n'avait pas le loisir de s'appesantir sur la question car elle avait du travail, mais la secousse avait été forte. Elle tomba malade et eut une descente d'organes. Le choc lui avait également déclenché du diabète. Après plusieurs semaines d'hôpital, elle rentra chez elle, Marie-Jeanne tenait la maison et s'occupait de Paul et des enfants, enfin, si l'on veut. Le docteur qui l'avait opérée l'avertit qu'elle ne pourrait plus travailler. Il ne fallait absolument pas forcer sur la paroi abdominale.

Parallèlement, Félix, qui étouffait dans cet appartement, trouva près de la Calade une maison à louer, avec un jardin sur le devant et une cour à l'arrière. Il pouvait enfin reprendre des chiens et retourner à la chasse. Margot s'installa donc dans cette maison.

Félix, qui ne supportait plus les enfants de Nono, dit à Marie-Jeanne qu'elle devrait un peu se bouger et trouver un travail pour élever et nourrir ses enfants, mais comme rien ne venait, il fit une réunion familiale. Il proposa de mettre en pension les deux plus grands. Margot ne supportait pas d'entendre ça. Marie-Jeanne déclara alors que ce serait les quatre enfants en pension ou aucun et pour une fois, elle fut juste dans ses propos.

Margot ne pouvait pas intervenir car les papiers étaient en cours pour qu'elle reçoive une pension d'invalidité et ensuite sa retraite. Financièrement, à ce moment-là, elle dépendait de Félix, la seule fois de sa vie en fait. Ce fut donc décidé. Félix s'occupa de toutes les formalités et décida que Mimi devrait les emmener. Ce fut dur pour lui, les enfants pleuraient, les sœurs avaient été méchantes et fermaient la porte au nez de Mimi sans qu'ils puissent embrasser une dernière fois les petites de Nono, pour les garçons aussi, surtout Félix qui pleurait à chaudes larmes. Il eut du mal à le laisser. Mais il n'avait pas les moyens financiers pour les nourrir tous et il en voulait à son père de ne rien faire pour ses petits-enfants. Marie-Jeanne resta chez Mimi et Lucette. Elle cherchait du travail.

Un jour, alors que Margot mangeait avec Mimi et Lucette, elle leur dit qu'elle allait être obligé de retourner travailler, car pépé – c'est comme ça qu'elle appelait Félix –, n'arrivait plus à payer les traites du camion. Mimi se mit en colère et lui dit :

— Tu n'as pas intérêt, tu as compris. Ouvre les yeux bon sang, mais ouvre les yeux !!!

Il tapa sur la table et sortit. Margot fut surprise de le voir dans cet état et demanda à Lucette ce qu'il se passait. Elle lui répondit :

— Vous n'êtes pas en état donc ce n'est pas à vous de vous démener mais à votre mari. L'homme, c'est lui, non ?

Margot ne répondit pas mais pensa alors qu'elle n'avait pas tort.

En fait, Lucette y avait mis du tact, car elle savait que son mari voulait parler de la conduite de son père, et de toutes les femmes qu'il avait eues dans sa vie, ainsi que de la destination de l'argent qu'il prenait sans cesse à sa femme.

Elle connaissait la situation et l'existence de France, une gentille fille qui était innocente des manigances de son père et qui aimait beaucoup ses demi-frères.

L'année 1966 fut noire pour Margot, mais ce n'était rien face à celle de 1967 qui arrivait car tout le monde était en attente du jugement de Nono.

Mimi et Lucette avaient pris un appartement neuf, juste en haut de la rue où vivait Margot. Les petites descendaient seules quelquefois pour la voir ou pour jouer dans le jardin.

L'été apporta une trêve à Margot. Des cousines de Félix qui vivaient en Corse vinrent leur rendre visite en juillet. Ils passèrent une semaine chez Margot et Félix. Elle fit un repas familial lors d'une douce soirée et Mimi leur chanta une berceuse corse « La Boudeuse ». Tout le monde était ravi, l'oncle était content car il adorait cette chanson.

Ils partirent, promettant de revenir bientôt.

Les enfants de Nono avaient pu venir pour les vacances. Avec leurs cousines, ils jouaient dans le jardin et lorsque le marchand de glace passait en faisant sonner sa trompette, les petits couraient s'acheter les glaces avec les pièces que Margot leur donnait et qu'elle gardait pour eux. Elle n'était vraiment heureuse que lorsque tous ses enfants étaient autour d'elle. Elle leur portait un amour inconditionnel et souffrait de savoir les petits en pension.

CHAPITRE 5
MORT ET TRAHISON

Un après-midi, Lucette lui raconta qu'elle était en colère car son mari devait partir le soir avec trois collègues pour les accompagner à Paris. L'un d'eux allait récupérer un héritage. Elle disait qu'il n'avait pas besoin d'y aller, Margot la comprenait, elle qui était toujours seule à la maison.

Le soir venu, Mimi embrassa les filles qui étaient au lit, et dit au revoir à sa femme.

— Prends soin de toi et de notre bébé en route.

En effet, elle était enceinte. Il avait réussi à la persuader de lui faire un garçon.

— Tu ferais mieux de rester ici !

— Ne t'inquiète pas, je reviens vite, dans trois jours tout au plus.

Et il partit. Quelques secondes plus tard, il sonna et lui donna le petit portefeuille qu'il avait toujours sur lui, dans lequel il y avait les photos de leurs trois enfants.

Lucette se demanda pourquoi il lui avait donné ceci en lui disant « Garde ça, va ! » sans plus d'explications.

La nuit du troisième jour, elle fit un cauchemar dans lequel elle voyait des pas dans la neige. Le lendemain, elle se sentait mal.

Margot aussi avait mal dormi, faisant des rêves étranges et noirs. En se réveillant, elle fit une prière.

En fin d'après-midi, alors qu'elle buvait le thé avec son ancienne voisine, Félix venait de rentrer se changer, deux motards sonnèrent à la porte. Ils entrèrent et leur annoncèrent que Mimi avait eu un accident sur Macon en revenant de Paris et qu'il était mort.

Margot perdit connaissance tellement la souffrance avait été forte. Les petites jouaient dans le jardin.

Félix dit à la plus grande :

— Va chercher maman !

La petite n'avait rien entendu de ce que les gendarmes avaient dit, mais sentait d'instinct que quelque chose de grave était arrivé. Elle pleura tout au long du chemin et dit à sa mère : « Viens vite, descends chez mémé, pépé t'appelle ! »

— Mais qu'est-ce que tu as ?

— Je ne sais pas, viens !

Lorsque Lucette entra et vit Margot allongée qui pleurait, ainsi que Marthe, elle regarda Félix et dit :

— C'est Mimi ?

Il lui répondit juste « oui ».

Elle avait compris, elle tomba assise sur le cosy et se mit à pleurer. Les petites pleuraient à côté d'elle. Le monde entier semblait s'écrouler.

Félix partit immédiatement sur Macon pour aller reconnaître le corps de son fils, Lucette resta chez elle anéantie, sa mère Denise et sa sœur restèrent avec elle en ce moment douloureux. Sa sœur, qui était enceinte, resterait avec les filles le jour de l'enterrement.

Margot était malade. Ses cousines, qui étaient là, la soutenaient autant qu'elles le pouvaient, mais elle ne pouvait pas supporter de penser qu'elle ne reverrait plus son petit. Mourir à trente ans, ce n'était pas possible. « Seigneur, pourquoi tu n'as pas pris ma vie ? » se demandait-elle sans cesse.

Félix était revenu, le cercueil plombé allait arriver et dès le lendemain, il y aurait l'enterrement. Il était secoué lui aussi, il avait averti

France. Elle lui avait dit qu'elle viendrait à l'église dire au revoir à son frère. Elle se tiendrait loin pour que personne ne la voit.

Le cortège devait partir de chez Margot, Lucette ne pouvait pas le mettre chez elle à cause des petites.

Les cousins corses revinrent plus tôt que prévu. Ils étaient effondrés d'apprendre la mort de ce bel homme, leur neveu, si jeune.

Margot n'était pas vraiment consciente de ce qu'il se passait, des hommes qu'elle ne connaissait pas défilaient à la maison avec des mallettes noires, ils lui faisaient leurs condoléances et ensuite s'enfermaient avec Félix.

En fait, c'était des hommes d'un certain milieu et ils apportaient de l'argent à Félix pour les obsèques. Félix en reçut pas mal mais personne ne sut jamais exactement combien. Il paya les frais d'obsèques et le reste, personne ne le sut. Margot était entourée de ses cousines et belles-sœurs, leur soutien lui fit du bien. La veille de l'enterrement, elle veilla son fils avec Lucette et la cousine de celle-ci, Arlette.

L'enterrement fut une rude épreuve pour Margot, elle ne savait pas comment elle avait pu le supporter.

Mais la vie devait continuer. Lucette fut obligée de déménager, le propriétaire avait peur qu'elle ne puisse plus payer le loyer. Sa mère Denise s'installa chez elle, laissant son mari rentrer le soir seul chez lui, pour l'aider à s'occuper des filles et du bébé qui allait arriver. Elle découvrit une petite baraque pour Marie-Jeanne, qui avait trouvé un travail dans une usine de mise en barquettes de dattes.

La vie était dure pour Lucette. Non seulement elle se trouvait veuve et enceinte mais en plus, comme c'est son mari qui conduisait et que les trois autres hommes étaient morts aussi, les veuves se retournaient contre elle, lui demandant des indemnités. Les assurances payèrent et se retournèrent auprès d'un juge car elle en avait marre d'avoir des huissiers chez elle. Elle fit une renonciation à la succession de son mari en son nom et aux noms de ses enfants. De toute façon, il n'y avait rien à prendre, Margot ayant perdu tout l'héritage, il ne restait rien à léguer à personne.

Elle réussit cependant à sauver l'assurance sur la vie qu'elle encaissa après la mort de Mimi. Félix ne perdit pas une seconde et se fit prêter par Lucette un million d'anciens francs.

Il n'avait aucun état d'âme, aller demander cela à la veuve de son fils qui avait tant besoin d'argent, mais sa belle-fille saurait le lui rappeler, elle ne le laisserait pas faire.

Margot faisait sortir les enfants de la pension une à deux fois par mois pour qu'ils passent le week-end avec leurs cousines. Souvent, les enfants se retrouvaient tous pour faire des dessins sous la véranda de Margot. Elle était contente de les voir, mais quel déchirement lorsque les petits repartaient.

A la fin de l'année 1967, la nouvelle tomba du procès de Nono, il fut condamné à vingt ans de réclusion criminelle.

Ce fut une émotion de trop pour Margot qui développa un goitre au niveau de la gorge, dû à tous les soucis qu'elle avait eus, et elle fut opérée encore une fois.

Elle devait après cela se reposer à la maison. Lucette venait l'aider mais elle commençait à être bien fatiguée car l'accouchement était prévu pour avril 1968.

Le jour de l'accouchement arriva, Margot et Denise étaient toutes les deux dans la salle d'attente, le docteur Max B, fidèle, était devenu le médecin de Denise et de la famille. Il entra dans la salle pour leur annoncer que c'était une petite fille. Elles se mirent à pleurer toutes les deux, il faut dire que le souvenir de Mimi était encore présent et Denise aimait beaucoup son beau-fils.

Le docteur dit :

— Regardez-moi toutes les deux, allez vous reposer sinon demain vous m'appellerez car votre diabète aura monté, car Denise aussi avait le diabète.

— On veut juste voir la petite une fois, docteur. Après, on part.

— Bon d'accord, mais ne restez pas longtemps.

Il les accompagna et leur mit la petite dans les bras. C'était un magnifique bébé. Elles s'extasiaient devant la petite. Puis elles la remirent dans son berceau, embrassèrent Lucette et partirent.

Lucette ne voulait pas appeler la petite Émilienne, mais souhaitait cependant que la petite porte un prénom de son père, alors elle l'appela Jeanne. Elle appréciait que sa mère soit avec elle. Sa sœur Michelle serait la marraine de la petite et son mari le parrain. Lucette était elle-même la marraine du fils de sa sœur qui avait eu un garçon, Frédéric. Margot se faisait beaucoup de souci pour ses petits-enfants. Elle souffrait mais jamais n'aurait la pensée d'incriminer en quoi que ce soit son mari.

Les années s'écoulèrent. Camille, qui était sorti de prison et avait terminé son service militaire, rencontra une fille et voulut se marier.

Lorsque Margot fit sa connaissance, elle ne comprit pas ce qu'il se passait. Cette fille était mignonne de visage mais c'était un vrai mastodonte. En plus, elle était froide comme un iceberg.

Margot demanda à son fils :

— Mais tu es sûr que tu aimes cette fille ?

— Oui maman, j'ai trouvé un bon travail et je veux me marier.

— Mais tu sortais avec de belles femmes jusqu'à maintenant. Je ne comprends pas et ton père non plus.

— Il n'y a rien à comprendre. C'est comme ça, voilà tout et l'opinion de mon père ne m'intéresse pas.

Margot se tut mais lui fit remarquer qu'elle n'avait pas d'argent pour le marier, qu'il fallait attendre un peu. Il répondit :

— On ne peut pas attendre, elle est enceinte.

— Oh non, dit Margot.

— On aura quand même un beau mariage, ne t'inquiète pas. Il n'y aura pas toute la famille mais tu viendras avec papa et mon frère Paul. Je vais te présenter ses parents dimanche, vous viendrez boire un café.

Margot et Félix se rendirent à cette invitation. Ils furent bien reçus, mais ces gens-là ne plaisaient pas à Margot. Elle avait l'impression que c'était des Allemands et elle n'aimait pas les Allemands. Schulz, ce n'était pas français, c'est sûr.

Margot se posait des questions. « Ce n'est pas possible » se répétait-elle, « ils doivent droguer mon fils pour qu'il réagisse ainsi ».

Mais rien n'y fit et le jour du mariage arriva. Ils partirent tous les trois, bien habillés, Paul aussi, mais après la cérémonie, dans la salle, Paul eut une crise, on le mit dans un coin le temps que cela lui passe. Les parents de la mariée les regardaient de travers, froids comme des glaçons, et faisaient bien comprendre à Margot et à Félix qu'ils devaient partir. Dès que Paul alla mieux, ils partirent, embrassant Camille qui était navré pour eux. Jamais elle n'avait été autant humiliée.

La femme de Camille accoucha d'une petite fille, Laurence. Margot alla les voir à la clinique. Mais c'était toujours le même accueil, des gentilles paroles mais une attitude qu'elle aimait pas.

Ayant été avertie par Lucette, qu'elle voyait pratiquement tous les dimanches, que Marie-Jeanne vivait au milieu des cafards et des gitans, Margot finit par persuader son voisin de louer le petit trois-pièces juste en face de Margot. Elle avait tout prévu. Sa belle-fille pourrait étendre son linge dans son jardin, car la petite maison donnait directement sur la traverse qui séparait les deux maisons et il n'y avait pas d'étendage.

Marie-Jeanne arriva donc et s'installa. Elle récupéra rapidement la petite dernière, Muriel, qui vivait désormais avec elle.

Les années passèrent, les enfants grandissaient. Félix, l'aîné, allait bientôt sortir du pensionnat ainsi que Patricia. Ils trouvèrent rapidement du travail et Félix commençait à partir à la chasse le week-end avec son grand-père.

Margot fit alors sortir Daniel qui finissait son certificat d'aptitude professionnelle de typographe au collège Don-Bosco.

Denise était morte d'une crise d'urée. Margot avait eu beaucoup de chagrin. Lucette, dont les filles étaient un peu plus grandes maintenant, avait repris le travail. Les grandes récupéraient la petite Jeanne à l'école et rentraient à la maison attendre leur mère. Lucette trouva le moyen de se faire rembourser de Félix. Il acheta deux lits jumeaux aux filles avec un meuble secrétaire, et toutes les semaines, il apportait de la viande des abattoirs à sa belle-fille.

Margot se disputait sans cesse avec Marie-Jeanne. Elle ne supportait pas sa belle-fille qui était trop molle et pas dégourdie pour un sou.

Mais cela allait être le dernier de ses soucis. Félix, alors qu'il était en congés, partit plusieurs jours à la chasse. En fait, il chassait mais il allait voir sa fille qui s'était mariée et avait acheté une maison vers Mallefougasse, tout près de son terrain de chasse.

Elle ne sait pas ce qui lui passa dans la tête mais elle regarda alors dans de vieux papiers qui étaient en haut de l'armoire et dans un vieux carton qu'elle n'avait jamais ouvert. Elle tomba sur les actes de naissance des enfants, qu'elle n'avait jamais lus, car Félix était allé inscrire les enfants à l'école tout seul. Elle eut la surprise de constater que Félix avait menti sur les déclarations. En effet, il avait mentionné que la mère était professeur de chant, ce qui était vrai, et lui-même professeur de musique, ce qui était complètement faux. Avait-il eu honte de noter le métier d'ouvrier ?

Margot ne comprenait plus rien. « Pourquoi ? » se dit-elle.

Elle découvrit dans une enveloppe une photo d'une fillette. Au dos, il était noté France.

Margot comprit qui était cette enfant. Il lui revint alors en mémoire ce que lui avait dit un jour une femme qui convoitait Félix, ou bien le contraire.

Elle eut conscience de la trahison qui jalonnait sa vie depuis des années mais ne pouvait rien dire. Elle n'avait pas envie de faire encore de la peine à ses enfants et ses petits-enfants en faisant un esclandre. Elle renferma sa découverte et la replaça.

Mais cette découverte allait être un mal qui rongerait Margot de l'intérieur, et l'affaiblirait, s'accumulant aux chagrins, à toute cette douloureuse existence qu'elle avait vécue jusqu'ici.

Elle faisait également le bilan des bijoux qui lui restaient, car elle voulait en offrir un à chacune de ses petites-filles avant de mourir. Force de constater que de nombreux avaient disparu, vendus pour couvrir des factures. Sa mémoire lui faisait défaut car il lui semblait que quelques bijoux qu'elle croyait avoir gardés n'étaient pas là.

Enfin, elle en avait assez pour faire plaisir à qui elle voudrait au fur et à mesure.

Camille avait annoncé à sa mère la naissance d'une deuxième fille, Martine, et ensuite un garçon, Frédéric.

Ce qui portait à dix le nombre de ses petits-enfants, enfin onze, car Paul, bien que considéré comme atteint mentalement, avait mis enceinte une jeune fille déficiente aussi. Ils avaient eu une fille que Margot ne voyait jamais car les parents de sa belle-fille l'avaient prise sous leur aile.

Depuis que les années soixante-dix avaient fait leur apparition, les jupes étaient de plus en plus courtes et les filles de plus en plus délurées. Margot ne comprenait pas cette façon de vivre et elle était complètement scandalisée.

Elle avait tout de même la satisfaction de voir ses petites-filles bien élevées. Patricia, la plus grande, qui dormait souvent chez Lucette, fit la rencontre d'un jeune homme. Les fiançailles furent l'occasion de réunir la famille qui n'avait plus été réunie depuis le décès de Mimi.

A cette occasion, Margot put encore démontrer combien elle était économe et sortit de l'argent qu'elle avait mis de côté en cachette de Félix, et les fiançailles furent réussies.

En 1975, le mariage de Patricia eut lieu. Margot était heureuse de voir sa première petite-fille mariée. Cette année-là, Manon avait réussi son BEPC, elle était partie en Italie avec Félix, et comme elle apprenait l'italien, son oncle lui avait offert trois beaux livres écrits en italien. Margot était fière de tous ses petits.

Félix, qui menait son petit-fils Félix junior, avait projeté de lui présenter une propriétaire terrienne dans les Alpes. Il croyait ainsi pouvoir la mettre dans ses bras et voyait là aussi l'héritage des terres.

Félix junior, qui était plutôt timide, se laissa séduire et s'installa dans les Alpes. Il trouva un travail peu rémunéré, mais enfin il y avait du travail sur la propriété qui en fait périclitait. Félix se maria avec cette jeune femme Jeanne un peu plus tard.

Félix connut lui aussi des années difficiles, mais son destin était en marche.

Margot trouva un peu de répit, mais de courte durée. Son fils Paul connut une jeune femme à l'hôpital psychiatrique Édouard-Toulouse où il était et voulut l'épouser. Bien qu'il fut malade, comme il était majeur, personne ne pouvait l'empêcher de se marier.

Margot et Félix lui trouvèrent tant bien que mal un appartement et le mariage eut lieu. Mais quelques mois après, alors que Paul était parti chercher le pain, sa femme, bien malade des nerfs, se jeta par la fenêtre du sixième étage.

La police appela Félix qui dut se déplacer. Heureusement, plusieurs témoins avaient vu Paul à la boulangerie, mais sa femme était décédée.

Paul réintégra l'hôpital. Il était très malheureux. Margot l'avait consolé comme elle pouvait, elle avait de la peine pour son fils, surtout que le cœur de Paul s'affaiblissait de jour en jour.

Félix était maintenant à la retraite. Il avait arrêté le camion, mais ce n'est pas pour cela qu'il était plus à la maison. Il avait reçu une médaille pour avoir eu cinquante ans de conduite sans accident.

Margot se confiait à Lucette tous les dimanches après-midi, lorsqu'elle venait la voir. Elle était le seul soutien qui lui restait. Elle lui racontait sa vie lorsqu'elle était jeune fille. Un dimanche, elle lui dit :

— Toi, tu savais que pépé a une fille.

Lucette répondit :

— Mais qu'est-ce que vous racontez mémé. Je n'en sais rien moi.

— Si, tu le sais mais tu ne veux pas me le dire. Mais moi je le sais depuis quelques temps tu vois. C'est comme aujourd'hui, où il est, tu me le dis un peu !

— Mais il vous a dit qu'il allait voir un collègue. Voyons, mémé, ce n'est pas maintenant, à votre âge, que vous allez être jalouse.

— Oh ! Tu sais, ton beau-père est encore vert, crois-moi, même si moi je ne peux plus rien faire depuis mon opération, mais tu as raison, c'est avant que j'aurais dû être jalouse. Tu te rappelles que Mimi, un jour, m'a dit « ouvre les yeux ». Tu crois qu'il voulait parler de son père ?

— Je n'en sais rien mémé. Ne ressassez pas tous les mauvais souvenirs. Pensez au présent et reposez-vous.

— Des mauvais souvenirs, il y en a plus que des bons, et crois-moi, j'ai peur car je sens que ma mère m'a bien maudite. Elle m'avait dit « toi et ta descendance », alors j'ai peur. Peur pour mes enfants et petits-enfants. Quel avenir vont-ils avoir ?

— Ne vous inquiétez pas de ça mémé. Ils sauront faire face à la vie, comme vous y avez fait face aussi.

— Oui, mais ça me tue petit à petit.

Elle trouvait du réconfort le dimanche devant la télé à onze heures. Elle regardait la messe et priait car elle ne pouvait plus y aller à pied et Félix n'était jamais là pour l'y amener.

Les mois passaient tant bien que mal pour Margot. Elle eut la mauvaise surprise d'apprendre que son fils Camille était très mal. Les médecins parlaient de dépression nerveuse, sa femme disait qu'elle avait peur qu'il soit atteint de la sclérose en plaques.

Margot était très inquiète. Elle demanda à Félix de l'emmener voir Camille. Lorsqu'elle le vit, elle fut choquée. Il avait l'air d'un zombie. Elle lui adressa des paroles rassurantes et ils partirent, le laissant entre les mains de sa femme, ce qui ne réjouissait pas Margot.

Margot sentait ses forces diminuer peu à peu. Elle fut tout de même en forme pour les fiançailles de sa petite-fille Manon qui eurent lieu dans le jardin, en 1977. Elle était contente de voir la fille de Mimi heureuse. Son fils Paul était là lui aussi, très beau et content de voir sa nièce.

Tout se passa bien, les enfants étaient tous réunis et ce fut une belle journée pour Margot.

En 1979, Manon se maria en septembre. Involontairement, le mariage eu lieu le 8, date de l'anniversaire de la mort de Mimi. Margot en était atterrée, personne n'avait fait le rapprochement de suite et il était trop tard pour reculer. Elle put cependant assister au mariage en s'appuyant sur une canne.

Sa petite-fille Chantal fréquentait aussi un brave garçon du quartier, un ami de Daniel. Ils firent de petites fiançailles et le mariage fut prévu pour octobre 1980.

Elle eut la joie de voir son arrière-petit-fils car Patricia accoucha d'un beau garçon, Fabrice. Mais ces petits bonheurs qu'elle éprouvait n'arrivaient pas à compenser les années de malheur qu'elle avait eues.

Les forces de Margot déclinaient de jour en jour. Ses organes ne tenaient plus. Il fallut l'opérer et coudre toute la partie entre l'orifice de la vessie et le périnée. Heureusement que Lucette venait la voir car elle l'aidait à se laver correctement.

Elle était là tous les dimanches pour lui tenir compagnie, la laver, la coiffer. Quelquefois, la femme de Camille venait aussi passer l'après-midi pour la voir, mais ce n'était pas pareil, elle ne se confiait pas comme elle le faisait avec Lucette. Quant à Marie-Jeanne, elle n'avait pas d'affinité avec elle.

Margot et Félix fêtèrent leurs cinquante ans de mariage. Tous les petits-enfants avaient partagé pour leur offrir une gerbe de cinquante roses. Margot était énormément fatiguée et elle dut rester sur un fauteuil durant la fête. Elle donnait le change cependant, malgré le fait qu'une foule de souvenirs, pour la plupart tristes, trottaient dans sa tête.

Pour le mariage de Chantal, elle était en clinique juste à côté de l'église où avait lieu la cérémonie, mais elle ne pouvait pas y aller.

Chantal lui fit la surprise et entra dans la clinique en robe de mariée. Lorsque Margot la vit, elle éprouva une grande joie. Elle voulut se lever, les infirmières étaient bien sûr présentes et lui demandèrent de bien rester allongée.

Elle regarda Chantal et lui dit :

— Je vais venir. Ma fille, comme tu es belle, on dirait un ange.

— Je ne suis pas un ange mémé, et tu dois rester ici pour bien te soigner, je suis venue te faire un gros bisous.

— Merci ma fille. Merci. Tu es seule ?

— Non, je suis avec Patricia et maman m'attend avec la famille. Tout le monde pense à toi mémé.

— Je sais que mes enfants pensent à moi. Tu m'apporteras des dragées, je voudrais en donner aux infirmières.

— Bien sûr. Lundi, je viendrai avec maman te porter des dragées et des fleurs.

Les infirmières demandèrent alors à Chantal et Patricia de partir. Elles s'en allèrent toutes les deux en pleurant de voir leur grand-mère dans cet état.

Chantal tint sa promesse et apporta un kilogramme de dragées que Margot distribua, ainsi que des fleurs pour égayer sa chambre.

Margot sentait la vie partir de son corps. Elle commença à voir la vérité sur Félix. Elle pria, demandant à Dieu de veiller sur son petit Paul. Elle savait que Félix ne le sortirait plus de l'hôpital une fois qu'elle ne serait plus là.

— Protégez-le Seigneur, ou alors laissez-le partir de ce monde et donnez-lui la chance de me rejoindre dans l'au-delà. Je ne voudrais pas qu'il souffre encore ! Et donnez-moi la force, lorsque je serai près de vous, de protéger mes petits-enfants.

Margot pensait aux paroles du vieux curé qu'elle voyait quand elle était jeune. Il lui avait dit que Dieu ne met jamais plus de chagrin que ce que nos épaules peuvent porter.

« Que le fardeau fut lourd, Seigneur ! » pensait Margot.

Elle épanchait son cœur tourmenté en parlant avec sa belle-fille, Lucette, avec qui elle était très proche. Lucette ne voulait pas être la dépositaire de ses pensées, mais elle n'osait pas arrêter sa belle-mère. Elle disait :

— Je me rappelle, tu sais, lorsque Paul, le pauvre, faisait ses crises, je m'occupais de lui. Mais quand Félix était là, il était brusque avec lui bien que Paul en fait souffrait. Seul Mimi était gentil avec lui, il le défendait et m'aidait à le mettre au lit.

— Tu te souviens Lucette, quand Mimi, qui adorait ses filles, a acheté un gâteau en forme de poisson tout en nougatine pour fêter la place de première de la classe de Manon au cours préparatoire.

— Oui, mémé, je m'en souviens.

— Ah ! S'il était là, il serait heureux de les voir si grandes, si belles et aussi la petite dernière Nanou – c'était le surnom donné à

Jeanne, la dernière de Lucette et Mimi –. Il était le plus tendre de mes fils, avec Paul.

— Oui mémé, c'est sûr. Camille aussi vous aime beaucoup.

— Oui, c'est vrai, mais je ne le vois pas souvent. Je t'ai raconté que ma mère m'a maudit d'avoir épousé pépé ?

— Oui mémé, vous me l'avez dit.

— Tu te rends compte, ma fille. J'étais une demoiselle, toujours bien mise et après, qu'est devenue ma vie ? Que de la souffrance… Elle a mal commencé, j'ai perdu ma petite Catherine, ensuite mon petit Jean, et ensuite… Oh oui, elle m'a bien maudit et sa première cible a été Nono. Je le comprends maintenant car il n'a apporté que le malheur, mon propre fils !

— Cessez de vous tourmenter mémé, il ne faut pas ressasser tout cela. Vous êtes tellement fatiguée.

— Oui, je vais bientôt partir, je le sens. Dieu me rappelle à lui.

— J'espère que vous resterez encore un peu parmi nous.

— C'est Dieu qui décide. Va maintenant ma fille, il est tard, rentre chez toi et embrasse les filles pour moi.

Lucette partit très peinée de l'entendre raconter ses malheurs.

Margot sentait qu'elle n'en avait plus pour longtemps. Félix venait la voir, il l'embrassait et lui demandait comment elle allait. Un jour, Margot le regarda. Malgré son âge, il était toujours beau, le sosie de Jean Gabin. La première à l'avoir remarqué avait été sa cousine Jeanne.

Elle le regardait et pensait : « Pourquoi avoir dit qu'il m'aimait ? Pourquoi m'a-t-il trahie ? J'ai tout perdu pour lui, tout l'héritage de mes parents et même celui qui arrive, car c'est lui qui profitera de la maison que me laisse mon oncle d'Italie. Pourquoi ?

Moi qui l'ai tant aimé, qui lui ai tout donné, je n'ai pas cessé un seul instant de le respecter. »

Mais aucun son ne sortait de sa bouche. Pourtant, son regard devait être celui d'un juge. Elle le voyait clairement alors qu'elle portait des lunettes très épaisses habituellement, mais ses yeux sans lunettes avaient l'air de voir. Félix se sentait mal devant le regard de Margot. Elle ne disait rien, le fixait avec insistance. Il ne pouvait plus le supporter et lui dit qu'il devait partir voir son frère à l'hôpital.

Margot ne dit rien, continua à le regarder jusqu'à ce qu'il sorte. Maintenant, elle savait, elle avait pu voir au fond de son cœur. Dieu lui en avait donné le pouvoir juste avant d'aller le rejoindre.

Et ce qu'elle vit lui ouvrit les yeux. Comme Mimi lui avait dit un jour « Ouvre les yeux maman ! »

Le mariage de Chantal avait eu lieu le 11 octobre 1980. Le 23 octobre de cette même année, Margot fut transportée en urgence à l'hôpital Sainte-Marguerite.

Ses petits-enfants et Félix avaient suivi l'ambulance mais ils ne pouvaient pas entrer et devaient attendre des nouvelles.

Margot se mourrait. Elle ne sentait plus rien même lorsque les infirmiers la posèrent dans l'ambulance, son esprit flottait déjà. Elle mourut dans la nuit du 24 vers cinq heures du matin. Elle retournait vers ce Dieu qu'elle avait tant prié, et partait aussi rejoindre ses enfants et son petit-fils Gérard.

Toute sa famille venait pleurer autour du cercueil, c'était pour tous une lourde perte.

Nono était toujours en prison, Paul pleurait sur sa mère, Camille aussi, les belles-filles, ses petits-enfants, tous étaient réunis, ainsi qu'une seule belle-sœur de Margot car Louise était décédée.

Félix versait des larmes. Il avait passé toute sa vie auprès d'une femme extraordinaire. En était-il conscient? L'avait-il méritée? Allait-il vivre maintenant avec la mère de sa fille? La malédiction allait-elle s'arrêter?

Tant de questions qui méritent des réponses. Peut-être plus tard vous raconterai-je la suite.

Adieu Margot, adieu mémé, nous continuons à penser à toi. Même si tu n'es pas devenue une grande artiste, tu as été une grande dame. Nous t'aimons tous.

Imprimé en France
ISBN 978-2-7563-1780-9
Dépôt légal : 3e trimestre 2013